# GALERIE

# CRESPI

# GALERIE CRESPI

# CONDITIONS DE LA VENTE

Elle sera faite au comptant.

Les acquéreurs paieront *dix pour cent* en sus des enchères.

Paris. — Imprimerie Georges Petit. — 23809-14.

CATALOGUE

DES

# Tableaux Anciens

DES

ÉCOLES ITALIENNE, ESPAGNOLE

ALLEMANDE, FLAMANDE & HOLLANDAISE

COMPOSANT LA

## GALERIE CRESPI

DE MILAN

DONT LA VENTE AUX ENCHÈRES PUBLIQUES

AURA LIEU A PARIS

## GALERIE GEORGES PETIT

8, RUE DE SÈZE, 8

Le Jeudi 4 Juin 1914, à 2 heures

----

COMMISSAIRES-PRISEURS

Mᵉ F. LAIR-DUBREUIL | Mᵉ HENRI BAUDOIN
6, rue Favart, 6 | 10, rue Grange-Batelière, 10

EXPERTS

MM. TROTTI & Cⁱᵉ | M. JULES FÉRAL
8, place Vendôme, 8 | 7, rue Saint-Georges, 7

----

· EXPOSITIONS

PARTICULIÈRE : *Le Mardi 2 Juin 1914, de 1 h. 1/2 à 6 heures.*
PUBLIQUE : *Le Mercredi 3 Juin 1914, de 1 h. 1/2 à 6 heures.*

# PRÉFACE

Il n'est pas d'amateur d'art, même de simple touriste, qui, s'arrêtant à Milan, en ces dernières années, ait négligé de visiter la galerie Crespi. Bien que de formation relativement récente, elle avait pris place parmi les collections privées les plus réputées de l'Italie. Connue et étudiée comme un Musée, elle était de même largement ouverte au public, suivant la noble tradition, toujours observée en ce pays. Les guides à l'usage des étrangers la signalaient au premier rang des trésors d'art de Milan et, de cette astérique dont il indique les curiosités qu'il ne faut pas manquer de voir, le Bædeker souligne l'ensemble de la collection et bon nombre des pièces qui la composent.

Aussi nous imaginons-nous volontiers, qu'à l'annonce de la dispersion de cette célèbre galerie, ceux qui eurent le bonheur de la visiter à Milan, dans son vrai cadre, éprouveront, — en même temps que le regret de voir disparaître une des dernières pinacothèques privées dont pouvait encore s'enorgueillir la Péninsule, — la satisfaction égoïste d'avoir profité d'un spectacle artistique rare et qui ne se retrouvera plus, et retourneront par la pensée vers l'accueillante demeure du grand amateur milanais.

*  *

Dans l'antique cité chère à Stendhal, aujourd'hui modernisée de la façon la plus banale sous trop de ses aspects, à deux pas de ces rues centrales, toujours encombrées d'une foule agitée et bruyante, et sillonnées sans répit de tramways aux appels assourdissants, il est heureusement un coin paisible où le pèlerin d'art, au sortir du palais Brera, peut poursuivre, pendant un moment encore, le rêve commencé devant les fresques de Luini et les autres chefs-d'œuvre de ce magnifique Musée. De hauts palais, d'une architecture simple, mais non sans caractère, enserrent une voie étroite mi-dallée, mi-pavée de cailloux ronds, où, dans l'air silencieux, résonne parfois le sabot d'un cheval. Pas de boutiques, peu de piétons, et, dans cette ville au climat extrême, le calme est le même dans la via Borgo Nuovo, sous le jour gris de la mauvaise saison ou le soleil accablant de l'été. Au numéro 18, sur un terrain qui, jadis, comme tous ceux qui l'entourent, appartenait à la noble famille Perego, se trouve le palais Crespi. Un portier, dont le physique, autant que le costume, semblent d'un gardien de Musée, montre le chemin. On traverse une cour qu'entoure une colonnade. Un vaste escalier, sous des fresques modernes, mène à l'étage. Après une bibliothèque, dans un premier salon, la reine de Chypre, Catherine Cornaro, *la Schiavona*, en la toile fameuse où s'épanouit sa tranquille beauté, accueille en souriant le visiteur.

Deux salles bien éclairées composent la galerie proprement dite. Au mur de la première, s'étale, comme une tapisserie gothique aux multiples personnages, la composition historique, *la Chute des Bonacolsi*, de Domenico Morone; le long des cimaises et sur des chevalets se pressent maints joyaux de l'ancienne école lombarde, où scintille, en reflets nombreux et divers, l'art du Vinci. Dans la seconde pièce, plus basse de quelques marches, le regard s'arrête tout d'abord sur la page capitale de Tiepolo, *la Vision de sainte Anne*, et, sur la Madone, aux formes surhumaines, qui appelle forcément et peut supporter, sans en être écrasée, le nom, grand entre tous, de Michel-Ange. Si le propriétaire est absent, l'obligeant custode ouvre la porte des appartements privés. Dans la chambre même de l'amateur, resplendit la *Pietà*, de Gaudenzio Ferrari. Au-dessus du lit, qu'elle semble protéger, une Vierge de Sassoferrato est encastrée. Cette page discrète mérite un coup d'œil. Image pieuse autant qu'œuvre d'art, elle fut, il y a plus d'un demi-siècle, la première conquête du collectionneur, et l'on comprend que la famille Crespi ait tenu à conserver, comme une relique, ce seul tableau, alors que le véritable Musée, dont il fut le point de départ, va être bientôt dispersé, et que, dès à présent, la visite à la galerie de la via Borgo Nuovo n'est plus possible qu'en souvenir.

*  *  *

Si déjà, il y a cinquante ans environ, le jeune débutant dans le monde des affaires qu'était alors le Commandeur Cristoforo Benigno Crespi, s'exerçait ainsi à quelques achats, ce n'est qu'après qu'il eût acquis le palais construit au xviie siècle pour Don Agostino Perego, qu'il l'eût fait restaurer par l'architecte Angelo Colla et décorer par les peintres Arnaldo Ferragutti et Luigi Cavenaghi, que l'amateur milanais constitua vraiment sa collection par une série d'acquisitions importantes, qui se succédèrent sans interruption pendant une vingtaine d'années. L'époque du grand développement de la Galerie Crespi va de 1880 à 1900 environ. Un ensemble de circonstances, qui se rencontrent rarement réunies, se trouva à point pour le favoriser.

Les établissements Crespi avaient pris une importance considérable. Leurs ateliers de tissage et les constructions monumentales qui en dépendent s'étendaient sur un vaste territoire, à Capriate. La situation de fortune de l'industriel permettait à l'amateur de suivre une passion qu'on pouvait, d'ailleurs, satisfaire alors aisément et relativement à bon compte, car les occasions ne manquaient guère et, d'ordinaire, à des prix qui paraîtraient bien modestes aujourd'hui. Sous la direction de l'expert Sambon ou de son confrère Genolini, une série de collections d'œuvres d'art fut dispersée aux enchères, à cette époque, à Milan. Annoncées par des catalogues sans prétention, simples brochures aux illustrations médiocres, ces ventes publiques eurent, en général, peu de retentissement au dehors, en France notamment. Certains des numéros qui s'y rencontraient, perdus dans le fatras des non-valeurs inévitables, n'en ont cependant pas moins fait depuis leur chemin. Sans négliger de suivre ces vacations où il sut, à maintes reprises, discerner la pièce à ne pas laisser échapper, le Commandeur Crespi enrichit bien davantage sa galerie par des acquisitions faites tant auprès des marchands que des particuliers. Sa réputation de collectionneur et d'acheteur vite établie, il fut assailli d'offres, sollicité de toutes parts. Entre tant de propositions, il n'avait qu'à savoir choisir. Il lui était d'autant plus facile de le faire, que son goût naturel, développé au contact journalier des œuvres d'art, pouvait encore s'appuyer sur les conseils éclairés du petit groupe de bons connaisseurs, qui se rencontrait à Milan.

Comme le rappelle avec raison M. Corrado Ricci, dans le beau livre qu'il a consacré à la Pinacothèque de Brera (1), dont il fut directeur pendant quelques années, alors que les nobles de Rome et de Venise vendaient leurs collections, à Milan, au contraire, où la prospérité économique allait se développant rapidement, une élite d'amateurs cherchait les œuvres d'art en sachant les comprendre, ne séparant pas le plaisir de la possession de l'intérêt de l'étude. Parmi ceux-ci, mécènes, artistes ou critiques, la plupart collectionneurs, certains noms ont dépassé les limites d'une réputation locale, sont devenus familiers à tous ceux qui s'occupent des anciennes écoles italiennes de peinture.

On sait quelle place ont prise à présent, dans l'histoire de l'art, la doctrine et les écrits de Giovanni Morelli. Ni les conséquences excessives du système qu'il a innové, ni les quelques erreurs qu'il a pu commettre, ne sauraient diminuer le rôle de Morelli et ses qualités de connaisseur. Favorisé de la fortune, ce critique fut aussi un collectionneur, qui laissa à la ville de Bergame de quoi remplir trois salles de son Musée, avec des pièces de choix, quelques-unes fort remarquables. Morelli fut l'ami et le conseil du Commandeur Crespi, dont il inspira ou approuva certaines des acquisitions les plus importantes, et c'est tout dire. Mais, en dehors même de cette illustre autorité, les avis judicieux ne firent jamais défaut à notre amateur. Dans son entourage se rencontrait aussi le bon peintre Giuseppe Bertini,

(1) C. RICCI, *la Pinacoteca di Brera*, Bergamo, 1907, p. 225.

artiste de talent, surtout bon connaisseur en matière de peinture ancienne, excellent administrateur de la Pinacothèque de Brera qu'il réussit à enrichir grandement à l'aide de crédits fort modestes, un amateur enfin dont on trouvera le nom sous divers articles de ce catalogue.

Bertini fut aussi, il convient de ne pas l'oublier, directeur, et le premier en date, de la « Fondation artistique Poldi-Pezzoli ». Il avait été l'organisateur de ce délicieux musée dont s'enrichit, en 1879, la ville de Milan. Dans les dispositions testamentaires qui, dès 1871, consacraient sa magnifique donation, le Chevalier Gian Giacomo Poldi-Pezzoli d'Albertone nommait à la tête de l'institution qu'il créait, son ami Giuseppe Bertini, qui avait dirigé la décoration du palais de la via Morone et formé les collections qui y étaient installées. L'origine du Musée Poldi-Pezzoli appartient, sans doute, à la période qui précède celle dont nous nous occupons ici, mais la part prépondérante qu'y prit Bertini devait être rappelée. Comme on voit, si le nom du peintre milanais ne s'accompagne pas, devant l'histoire, de l'œuvre critique d'un Morelli, il n'en a pas moins, par ailleurs, les titres les plus sérieux à un souvenir durable.

Morelli et Bertini sont morts depuis assez longtemps déjà, mais leur ont survécu d'autres personnalités marquantes du monde des arts, qui se sont intéressées au développement de la Galerie Crespi jusqu'en ces dernières années : le Commandeur G. Frizzoni, l'héritier direct de Morelli, l'écrivain à la plume féconde, qui a répandu, dans une foule d'articles de revues et dans quelques livres trop rares, tant de savoir et d'érudition, un amateur, lui aussi, au goût délicat, et dont la collection, petite mais choisie, contient quelques spécimens d'une précieuse qualité, bien connus ; le peintre-restaurateur L. Cavenaghi, le sauveteur de quantité de peintures anciennes, dont le travail de consolidation de *la Cène*, de Léonard, a rendu familier au grand public le nom déjà célèbre parmi les amateurs des deux mondes ; enfin, parmi d'autres que sûrement nous oublions, le professeur Adolfo Venturi, de Rome, l'auteur de la monumentale histoire de l'art italien et de tant d'autres livres dont un, et non des moindres, fut consacré tout entier à la Galerie Crespi.

Publié avec luxe, en 1900, chez l'éditeur Hœpli, à Milan, ce volume, devenu classique, est plutôt compris comme une série d'études sur divers maîtres, à propos d'un certain nombre des numéros composant la collection, que comme un inventaire de celle-ci. Il ne faut donc point chercher dans le livre de M. A. Venturi le catalogue de la Galerie Crespi, d'autant plus que la liste des acquisitions de l'amateur milanais n'était pas encore close quand cet ouvrage fut imprimé. Ce n'est qu'en 1905 qu'elle s'arrêta définitivement, sur la découverte de la *Sainte Famille* de Lorenzo Lotto.

Peu de temps après, le Commandeur Crespi, terrassé par la maladie, devait abandonner à ses enfants la direction de ses affaires, et ceux-ci avaient à se préoccuper du sort de la Galerie. La valeur de cette collection, au taux actuel des œuvres d'art, ne permettait à aucun d'eux de la conserver. Il fallut donc se résigner à la vendre.

* **

Les offres ne manquèrent pas, ni pour la totalité, ni pour les pièces principales. Mais, dans ce pays où plus que partout ailleurs, les questions intéressant l'art semblent du domaine public et provoquent des discussions passionnées, il sembla préférable aux propriétaires de la Galerie Crespi d'en effectuer la dispersion aux enchères, au grand jour, tant pour ne rien cacher à leurs compatriotes, que pour permettre aux amateurs italiens d'entrer en compétition avec ceux de l'étranger et de leur disputer, avec d'égales chances de succès, les pièces intéressant plus particulièrement la Péninsule. La vente publique ainsi décidée, il allait de soi qu'elle fût faite à Paris, mais alors des difficultés surgirent, en raison des obstacles que la loi italienne oppose à l'exportation des tableaux.

Aucune œuvre d'art ne peut sortir d'Italie sans autorisation. Si celle-ci est accordée, un droit *ad valorem*, d'un taux élevé, suivant une progression, est perçu. Le gouvernement peut, non seulement accorder ou refuser la sortie, mais il a, de plus, un droit de préemption lui permettant d'acquérir l'objet dont l'exportation est sollicitée, pour sa valeur déclarée, déduction faite du montant des taxes qui auraient été perçues si la sortie avait été autorisée. Tel est, dans ses grandes lignes, l'ensemble de ces règlements prohibitifs dont il est si souvent question, mais que l'on connaît assez mal d'ordinaire. Ils tirent leur origine de lois analogues, qui régissaient depuis fort longtemps en cette matière certains des pays qui ont constitué l'Italie. La plus célèbre de ces anciennes dispositions, l'édit Pacca, — dont il a été tant de fois parlé à propos des collections romaines, — en vigueur depuis près d'un siècle dans les États pontificaux, a été ainsi étendu à tout le royaume, sinon dans sa lettre, du moins dans son esprit. Loin de s'adoucir avec le temps, la rigueur de ces prohibitions a été sans cesse renforcée, notamment par une loi de 1909. A cette défense d'exportation, déjà plus que suffisante pour arrêter l'exode de la Galerie Crespi, dont la grande notoriété rendait l'autorisation de sortie singulièrement difficile à obtenir, s'ajoutait encore, dans le cas particulier, cette circonstance aggravante que bon nombre des tableaux de la célèbre collection milanaise avaient été catalogués sur les registres officiels comme « objets du plus haut prix » et « d'important intérêt national », c'est-à-dire qu'ils étaient de ceux que leur propriétaire ne peut pas vendre, même dans l'intérieur du pays, ne peut pas, en quelque sorte, porter de son palais à sa villa, sans une autorisation gouvernementale.

*Dura lex, sed lex.* Certes, les propriétaires de la Galerie Crespi ne pouvaient songer à se soustraire aux règlements. C'est donc dans la loi même, dans les motifs qui l'ont déterminée, comme dans les tempéraments qu'elle admet à son application, qu'ils durent chercher et réussirent à trouver les raisons légitimant l'autorisation de sortie. Il tombe sous le bon sens, en effet, que si ces dispositions prohibitives à l'exportation ont pour but de conserver le patrimoine artistique de l'Italie, il vaut certainement mieux, cependant, laisser partir à l'étranger des œuvres, même de premier ordre, — mais dont l'équivalent se trouve déjà dans les collections publiques du pays, en percevant sur leur sortie des sommes notables qui serviront utilement à l'accroissement de ces mêmes collections, — que d'obliger, pour la beauté d'un principe et sans profit pour personne, un propriétaire à conserver des œuvres d'art dont il ne se soucie en aucune façon, qu'il est en droit de tenir enfermées à sa guise et même de laisser se détruire, si bon lui semble.

Malheureusement, à la question, ainsi posée, la réponse, dans chaque cas particulier, dépend d'une appréciation toute personnelle et celle-ci, on le devine, varie d'un fonctionnaire à un autre, d'un bureau officiel à un autre bureau, d'une ville à une autre ville. Chaque fois que le ministère, à Rome, prenait une décision tendant à autoriser la sortie de la Galerie Crespi, un mouvement de protestation se produisait immédiatement à Milan, à l'annonce de ce que l'on considérait comme un désastre pour la ville.

Ces pourparlers durèrent des années, et l'on composerait un volume en réunissant les articles parus à ce sujet dans la presse italienne. Mais, dans la patrie de la *combinazione*, une transaction devait fatalement intervenir. Un arrangement se fit, dans lequel l'Italie, certes, ne perdit pas. La famille Crespi offrit en pur don au Musée Brera, de Milan, où il est exposé en place d'honneur, depuis l'an dernier, le fameux Corrège, *la Nativité*, dont elle eût trouvé acheteur à l'étranger pour un million de francs, et elle dut encore céder, à un prix qui faisait de cette vente une véritable donation, le Domenico Morone, *la Chute des Bonacolsi*, et le Francesco Granacci, *l'Entrée de Charles VIII à Florence*, qui s'en sont allés enrichir, le premier la Pinacothèque de Mantoue, le second la galerie des Offices, à Florence, moyennant quoi elle fut autorisée à exporter tout le reste de la collection, à condition d'acquitter les droits de sortie, bien entendu.

Si nous avons rappelé ces prohibitions et les difficultés que la famille Crespi rencontra pour les faire lever, ce n'est pas à titre de simple curiosité, mais pour mieux faire comprendre au prix de quelles démarches et de quels sacrifices, la presque totalité de la célèbre Galerie a pu légalement franchir les Alpes. C'est là un événement exceptionnel, et qui, bien certainement, après les difficultés qu'il a soulevées, ne se reproduira jamais plus. Pour la dernière fois, on peut le dire, une collection de cette importance sera sortie d'Italie.

Au cours de ces négociations qui semblèrent parfois ne jamais devoir aboutir, les circonstances obligèrent les propriétaires de la galerie Crespi à la vente amiable de quelques tableaux : *la Schiavona* du Titien, un portrait d'homme par B. Veneto, un autre par G. B. Moroni, deux petits panneaux par Mainardi, une Madone de Giovanni Bellini. Il serait puéril de vouloir dissimuler l'absence, autant de ces pages bien connues, — mais peu nombreuses, comme on voit, — que des trois tableaux retenus par le gouvernement italien. Il faut bien dire, au contraire, que c'est grâce à ces amputations nécessaires qu'a pu être réalisé le tour de force d'amener à Paris, à peu près intégralement, la Galerie célèbre dont nous allons passer une revue rapide avant sa complète dispersion.

*        *

Formée par un Italien, la Galerie Crespi ne comprend guère que des peintures italiennes ; formée par un Milanais, il est naturel que les maîtres de l'école lombarde y occupent le premier rang.

Aux origines de cette école se rapporte un précieux tableautin, présentant, sur fond d'or, la Vierge et l'Enfant adorés par un blanc religieux, que présente sa sainte patronne. C'est une de ces images-portraits qui décoraient les murs des cellules des couvents. Celle-ci provient sans doute de la Chartreuse de Pavie, comme le sujet du même genre, peint plus tard par Borgognone, qui se trouve au Musée Brera. Avec une Vierge de Foppa, nous trouvons les traits caractéristiques des primitifs milanais : le souci du relief, une harmonie générale grisâtre, des carnations d'une couleur très particulière, qui rappelle les tons du camaïeu de nos émailleurs limousins. Cette manière a son dernier grand représentant dans Borgognone, dont nous avons ici une page singulièrement importante, une *Nativité* bien typique du vieux peintre milanais qui, seulement à l'extrême fin de sa carrière, fut influencé par Léonard, quand l'illustre maître, alors dans tout l'éclat de sa réputation, vint ouvrir une école à Milan. Celle-ci est représentée, dans la Galerie Crespi, de la façon la plus complète.

Certes, le nom du Vinci est tellement grand que l'on n'oserait l'inscrire en toute certitude sur une œuvre inédite ou discutée, si convaincu serait-on de son authenticité. Cependant, quand on examine *la Vierge de l'Ave Maria*, on peut difficilement admettre qu'elle ait été composée et ébauchée par quelqu'un d'autre que Léonard, si elle ne paraît pas tout entière de sa main. Avec une facture plus inégale, un coloris plus sommaire, même d'un effet un peu dur, elle domine, cependant, par un accent de suprême maîtrise, les meilleures des autres pages léonardesques, douces ou puissantes, certaines si remarquables, ici rassemblées. Quel autre maître que le Vinci, à l'époque de son séjour à Milan, vers le début du xvie siècle, aurait pu dessiner, avec une telle fermeté de contour, le visage de la Mère, en ciseler les traits avec cette précision de modelé qui distingue *la Vierge aux rochers*, du Louvre ? Sans doute, dans ce tableau, tout n'atteint pas à la qualité de la figure de la Madone ; l'Enfant, d'un mouvement charmant, est d'une exécution moins poussée dans le détail. Il est vraisemblable qu'après avoir ébauché l'ensemble et travaillé au visage de la Mère, Léonard, toujours préoccupé d'entreprises nouvelles, abandonna l'ouvrage commencé, laissant à l'un de ses élèves le soin de le finir. Certains détails de la facture, comme aussi l'harmonie particulière des colorations, donnent à penser qu'il chargea de ce travail Ambrogio da Predis, l'auteur de *la Vierge aux rochers*, de Londres, à laquelle on ne peut s'empêcher de songer devant le tableau de la Galerie Crespi.

Voici maintenant la brillante phalange des élèves de Léonard, tous pénétrés de l'esprit et de l'art de leur maître, chacun suivant sa personnalité, les uns voilant sous le charme du clair-obscur la précision du dessin, les autres sachant unir l'éclat de la couleur à la force de l'expression. D'abord Boltraffio, avec cette Madone, où derrière le groupe charmant de la Mère et de l'Enfant, s'étend le plus délicieux paysage ; Luini, dont, en particulier, le *Saint Jérôme* est d'une intensité de couleurs très soutenue et cependant pleine de douceur ; Solario, magnifiquement représenté par une Madone, ouvrage de jeunesse, d'un accord ingénu et savant de couleurs tendres, par un *Ecce Homo*, du faire le plus précieux, sans sécheresse, par une *Addolorata*, émouvant chef-d'œuvre, où l'on ne sait ce qu'il convient d'admirer le plus, de l'accord suave des tonalités les plus brillantes ou du dramatique de l'expression, enfin par un *Christ bénissant*, d'un si beau style.

Rarement, en dehors des églises ou des musées, on a l'occasion de rencontrer un ensemble monumental aussi important et complet que celui que composent les deux triptyques de Marco d'Oggiono.

Les nécessités de la vente ont forcé de répartir sous deux numéros ce vaste ensemble. Souhaitons qu'il ne soit pas disjoint, et qu'au contraire, reconstitué dans un encadrement architectural approprié, le chef-d'œuvre que le maître avait peint, croit-on, pour l'église de son pays natal, resplendisse, à l'abri des vicissitudes futures, tel que son auteur l'avait conçu.

Mais dans ce choix prodigieux d'œuvres léonardesques où sous chacun des disciples transparaît toujours en quelqu'endroit l'influence du maître, il en est une, plus que les autres, imprégnée de l'art du Vinci. Il semble que c'est elle que le romancier a voulu décrire : « ... le plus délicieux des Gianpietrino, une *Madone avec un enfant,* une des perles de l'école lombarde. Les anneaux crespelés de la chevelure de la Vierge, brune avec des reflets d'or, les lourdes paupières un peu renflées, le sourire sinueux des joues, la noblesse des longues mains, le coloris verdâtre du ciel et le mirage des glaciers au fond, tout dans cette toile porte l'empreinte du rêve léonardesque et de sa langueur mystérieuse » (1). Heureux l'amateur qui pourra suspendre à son mur cette pure merveille ! Sans jamais s'en lasser, il retrouvera, chaque jour plus captivant, au contraire, ce sourire énigmatique et enchanteur, fait de douce ironie et de profonde tendresse, dont l'âme divine de Léonard anima *la Joconde* et le *Saint Jean* du Louvre.

C'est encore à l'école lombarde qu'il convient de rattacher l'admirable *Pietà* de Gaudenzio Ferrari, où le tragique de la composition disparaît sous le

(1) Paul Bourget, *la Seconde mort de Broggi-Mezzastris,* dans *la Dame qui a perdu son peintre.* (Paris, 1910), pp. 143-144.

triomphe de la couleur. Un reflet de l'art de cette même école s'aperçoit dans le vaste triptyque, ouvrage des Piazza de Lodi, autre monumental ensemble, digne d'un Musée.

L'Italie a conservé, nous l'avons vu, *la Nativité*, du Corrège, une des gloires de la Galerie Crespi, mais nous avons ici un autre précieux exemple du maître de Parme : cette petite Madone, connue des anciens auteurs, anciennement gravée sous ce titre sentimental un peu naïf, *Mater Amabilis*, longtemps crue perdue et retrouvée récemment. C'est un de ces tableautins exquis, comme *la Zingarella* ou *le Mariage mystique de sainte Catherine*, de Naples, où le Corrège a su unir, en un cadre exigu, la tendresse de l'expression à l'éclat adouci du coloris.

Boccaccio Boccaccino appartient à l'école de Crémone ; cependant, sa *Vierge à l'oiseau*, d'une superbe qualité, l'apparente, par certains côtés, aux Vénitiens.

Parmi ceux-ci, la Galerie Crespi peut montrer tout d'abord, du côté des primitifs : un *Christ mort*, de Bartolomeo Vivarini, d'une écriture volontairement très soulignée, à la manière des Crivelli ; une Madone, au pittoresque paysage tout peuplé de personnages et d'animaux, par Bartolomeo Veneto ; deux volets, à figures de saints finement détaillées, par Girolamo da Santa Croce ; une *Sainte Conversation*, de Marco Basaïti ; une *Déposition de Croix*, qui a l'entassement bariolé d'un panneau gothique, par Marco Marziale ; enfin, ce *Couronnement de la Vierge*, par Mansueti, où l'on retrouve les beaux accords de colorations profondes qui distinguent l'auteur du *Miracle de la Sainte Croix*.

A la génération qui suivit, après que Giorgione eût transmué l'émail plus plat des anciens maîtres en cette pâte grasse et savoureuse qui sera celle de la peinture moderne, se rapportent également ces pièces de choix : un *Christ ressuscité*, de Palma le Vieux, blond et transparent comme une œuvre de jeunesse du Titien ; un sujet mythologique de Paris Bordone, prétexte à nudités aimables ; une *Descente de Croix* de l'atelier de Véronèse ; une *Sainte Conversation* du Pordenone, exécutée pour une église de la lagune.

Auprès de Venise, les villes voisines ne sont pas moins bien représentées : Vérone, avec une *Sainte Famille*, d'une rare importance, de F. Caroto ; Brescia, avec ces deux chefs-d'œuvre de couleur : la *Visitation* du Moretto, où la tradition veut voir, dans l'un des personnages, le portrait du peintre lui-même, et *le Christ portant la croix*, de Romanino, page digne du Titien ; Bergame enfin, avec Lorenzo Lotto, dont *la Sainte Famille* fut la dernière trouvaille du Commandeur Crespi.

Après les Vénitiens, les Bolonais, et du plus grand de ceux-ci, à l'époque de la Renaissance, Francesco Francia, le plus délicieux ouvrage qui se puisse rencontrer : cette *Sainte Barbe*, si parfaite, si pure, que l'on ne saurait vraiment lui reprocher que sa perfection et sa pureté. Jamais pinceau n'a paré de couleurs plus brillantes, ni plus suaves, un visage aux traits plus candides. Le temps a passé sans entamer l'émail, ni ternir la fraîcheur et l'éclat de cette gracieuse image qu'il y a quatre siècles environ, l'artiste signa : *Francia aurifex*, comme si, dans ce joyau d'art, il eût fait plus œuvre d'orfèvre que de peintre. Cette même couleur de matière précieuse se retrouve encore dans le panneau de Mazzolino, *la Résurrection de Lazare*, de la meilleure qualité du charmant maître ferrarais.

Une *Vierge entourée de saints*, peinte sur fond d'or par Don Lorenzo Monaco, et qui a conservé son encadrement primitif ; deux pages importantes du Bacchiacca : une *Adoration des Mages*, à nombreux personnages, et une Vierge d'un si noble caractère ; un fin triptyque à sujets religieux, autrefois attribué à Mariotto Albertinelli et maintenant donné à Ridolfo Ghirlandajo, seraient déjà des spécimens suffisants pour représenter dignement l'école florentine dans la Galerie Crespi ; mais celle-ci contient encore, de cette même école, une œuvre capitale entre toutes et dont on éprouve même quelque gêne à parler, car le seul nom qu'elle évoque nécessairement, celui de Michel-Ange, est de ceux que l'on n'ose prononcer qu'en tremblant.

En 1904, chez un obscur antiquaire de Milan, le Commandeur Crespi découvrit un panneau où, sous la crasse, la fumée et la poussière, il pressentit une grande chose. Confié aux soins éclairés du peintre-restaurateur Cavenaghi, le tableau, nettoyé, révéla la Madone, qui portera dorénavant, dans l'histoire de l'art, le nom de l'amateur milanais et à laquelle il ne manque, pour se présenter ici avec un appareil plus imposant de citations d'auteurs et de références, que d'avoir été découverte quelques années plus tôt. Car, vraiment, que l'on considère cette page comme de la propre main du grand Florentin ou de quelqu'un de son entourage, elle est de celles qui imposent tellement le nom de Michel-Ange, qui portent en elles, à un si haut point, la marque de son génie, qu'on ne pourra plus se dispenser de s'en occuper chaque fois que l'on étudiera l'œuvre du maître.

La gravité auguste et pensive de la Madone, dont les traits rappellent d'ailleurs ceux de la Vierge du

*Jugement dernier;* les formes trop robustes de l'Enfant, digne frère des génies placés aux pendentifs de la Sixtine ; la singulière ampleur de ce groupe où se sent la tendance au colossal du fresquiste mal à l'aise dans un étroit tableau ; enfin, cette coloration si particulière, cette grisaille qui est celle de la *Déposition* de Londres comme des peintures du Vatican ; tout concourt pour indiquer le nom de Michel-Ange comme le seul possible. Ni Sébastien del Piombo, ni Daniel de Volterre, n'offrent ces caractères à un tel point ni surtout ainsi réunis. Seule, la critique la plus pointilleuse pourrait encore objecter qu'il est bien surprenant et en quelque sorte impossible *a priori*, qu'une œuvre aussi importante d'un aussi grand maître, ait pu rester ignorée jusqu'à ces dernières années. Il ne lui faudra, certes, qu'une nouvelle interprétation d'un texte ou la publication d'un document inédit pour qu'elle partage sans réserve ce sentiment d'enthousiasme qui, à Milan, au lendemain de la découverte de cette peinture, la salua d'un accord unanime, du nom glorieux de Michel-Ange.

Aux maîtres de la Renaissance italienne ne se limitèrent pas les acquisitions du Commandeur Crespi. Quelques bons exemples rappellent dans sa galerie, ces vaillants praticiens du xviie siècle, trop vantés en leur temps, trop injustement dédaignés depuis, et vers lesquels on se prend, avec raison, à revenir.

De l'homonyme de l'amateur, ou plutôt d'un des trois peintres qui illustrèrent avant lui, dans l'histoire de l'art, le nom de Crespi, de Daniele, une des célébrités de l'école lombarde du *seicento*, une *Flagellation du Christ*, dramatique et puissante, offre les qualités d'un Caravage. A Bologne, où fut l'école la plus brillante de cette époque, nous retrouvons un autre Crespi, Giuseppe Maria, dit l'Espagnol, dont une *Scène de genre,* colorée et pittoresque, intéressera certainement plus que ne le feraient les compositions sérieuses qui établirent, en leur temps, la réputation de son auteur. De même ne préférera-t-on pas aux sujets religieux, que le Guide dut peindre pour quelque couvent, la série de leurs esquisses, que voici, enlevées d'une touche légère et spirituelle, annonçant déjà les meilleurs de nos décorateurs français du xviiie siècle ?

Un portrait de jeune garçon, par Fra Ghislandi, le triomphateur de la « Mostra del ritratto italiano », organisée en 1911, à Florence, nous conduit du côté de Venise et au siècle suivant. Du maître par excellence en Italie au xviiie siècle, du fécond, brillant, capricieux Tiepolo, parfois inégal, mais jamais indifférent, la Galerie Crespi a l'heureuse et peut-être unique bonne fortune de pouvoir montrer, en même temps qu'une page capitale, gravée par Lorenzo Tiepolo, le fils du peintre, et pourvue d'un état-civil en règle, l'esquisse de celle-ci, du faire le plus prestigieux de Gianbattista, et c'est merveille de constater combien, dans l'œuvre achevée, d'une inspiration religieuse si haute et d'une tenue si grave, se retrouvent toutes les qualités de couleur et d'éclat de l'esquisse. Vraiment à cette toile historique, dont on connaît l'origine et les curieuses vicissitudes, aucun élément d'intérêt ni de célébrité ne manque, pas même d'avoir été contestée, si incroyable que cela puisse paraître. Mais l'on comprendra aisément qu'en étudiant ce tableau dans le catalogue, nous avons préféré ne pas mentionner une erreur si manifeste, condamnée depuis par l'unanimité de la critique, et que ses auteurs ont dû suffisamment regretter déja, pour qu'il ne soit plus nécessaire de la rappeler à nouveau.

Auprès de Tiepolo, Sebastiano Ricci, avec une papillottante esquisse; Guardi, avec deux petits paysages pittoresques, spirituellement enlevés, de ces ruines, animées de petits personnages, que les Italiens appellent des « caprices »; Canaletto, avec quatre magistrales vues de Venise, d'une ligne si sûre, d'une couleur si profonde et d'une atmosphère si limpide; Marco Ricci, avec des coins accidentés du Frioul; Vanvitelli, avec des villas romaines, finement et clairement détaillées; Zuccarelli, enfin, avec d'aimables pastorales, complètent la partie italienne de la collection.

A vrai dire, nous aurions pu, d'accord avec certains anciens auteurs, y placer encore Ribera, puisque l'artiste espagnol, fixé à Naples, y exécuta sans doute ce *Saint Jérome,* admirable morceau de bravoure.

Si la Galerie Crespi contient peu de numéros des écoles du Nord, l'un, du moins, est de première importance. Nous voulons parler de cette *Vierge au donateur,* ouvrage certain de Roger van der Weyden, le grand maître primitif flamand dont le Louvre n'hésita pas à acquérir un tableau, l'an dernier, à un prix que jamais ce Musée n'avait osé débourser pour une peinture.

Auprès de ce panneau, singulièrement rare et précieux, une émouvante *Pietà,* répétition ancienne d'un motif de Q. Metsys; un amusant *Escamoteur,* de J. Bosch, variante plus complète de la composition de Saint-Germain-en-Laye; une Vierge de Cranach, un portrait de B. Bruyn, sont encore à citer au cours de cette tournée, qui s'achève sur l'austère image que D. Bailly nous a laissée du théologien *A. de Wale,* la main appuyée sur cette Bible, qu'il traduisit le premier en langue flamande.

* * *

Dans cette revue sommaire de la Galerie Crespi, nous n'avons pu que signaler un certain nombre des pièces les plus importantes. Bien d'autres seraient à citer, que l'on trouvera décrites, tant dans le présent catalogue, que dans celui de la seconde vente, qui consommera la dispersion de ce véritable Musée, dont Milan longtemps ressentira la perte.

Mais une collection comme celle-ci ne disparaît pas tout entière parce que les œuvres qui la composent s'en sont allées un peu partout au vent des enchères. Il en subsiste autre chose qu'un souvenir vague dans la mémoire des amateurs et un catalogue, rarement consulté, dans leur bibliothèque. La Galerie Crespi survivra à sa dispersion, comme ces célèbres collections du passé, dont on parle journellement encore, autant que si elles existaient toujours en réalité. Ses numéros épars pourront, ou se fixer à demeure dans les musées, ou poursuivre leurs destins vagabonds chez les amateurs et les marchands des deux mondes, ils n'en continueront pas moins, pour l'histoire de l'art, à faire partie de ce remarquable ensemble que tant de circonstances favorables avaient contribué à former, et dont nous avons essayé de rappeler le caractère et l'intérêt.

* * *

Nous tenons à remercier ici notre ami Émile Dacier, de la Bibliothèque nationale, du concours éclairé qu'il nous a apporté dans la rédaction de ce catalogue.

Marcel Nicolle

# PREMIÈRE PARTIE

## TABLEAUX

### DES

## ÉCOLES D'ITALIE

### XVe ET XVIe SIÈCLES

## ANTONELLO DE MESSINE (Ecole d')

École vénitienne, deuxième moitié du xve siècle.

### I — *Saint Sébastien.*

Bois. Haut., 49 cent.; larg., 36 cent.

Attribué à Pietro da Messina, élève d'Antonello.
Photographie Anderson, n° 3474.
Reproduit dans A. Venturi, *la Galleria Crespi in Milano, note e raffronti* (Milano, 1900), p. 74.
Cf. A. Venturi, *la Galleria Crespi, etc., op. cit.,* pp. 73 et ss.; — E. Brunelli, *Pietro de Saliba,* dans *l'Arte* (1906), pp. 367, 368 et 370; — L. Venturi, *le Origini della pittura veneziana* (Venezia, 1907), p. 232; — U. Thieme, *Allgemeines Lexicon der bildenden Künstler* (Leipzig, 1908 et ss.), t. I, p. 571, 1re col., au mot *Antonello da Messina* (article signé : L. Venturi); — J. A. Crowe and G. B. Cavalca-selle, *a History of painting in North Italy,* edited by T. Borenius (London, 1912), t. II, p. 431.

# BACCHIACCA
## (Francesco d'Albertino Ubertini, dit Le)

Florence, 1494 † Florence, 1557.

## 2 — *La Vierge à la ferronnière.*

Bois. Haut., 84 cent.; larg., 66 cent.

Photographie Anderson, nº 3480.
Reproduit dans A. Venturi, *la Galleria Crespi, etc., op. cit.,* p. 212; — A. Venturi, *la Galleria Sterbini* (Roma, 1906), p. 134, fig. 57.

Cf. A. Venturi, *la Galleria Crespi, etc., op. cit.,* p. 211; — A. Venturi, *la Galleria Sterbini, etc., op. cit.,* p. 133; — B. Berenson, *the Florentine painters of the Renaissance* (3ʳᵈ ed., New-York, 1912), p. 109.

Signalé dans le guide Bædeker.

# BACCHIACCA
## (Francesco d'Albertino Ubertini, dit Le)

### 3 — *L'Adoration des Mages.*

Bois. Haut., 1 m. 03 ; larg., 80 cent.

Collection E. Habich, de Cassel (vente à Cologne, 9 mai 1892, n° 5).

Photographie Anderson, n° 3481.

Reproduit dans A. Venturi, *la Galleria Crespi,* etc., *op. cit.,* pl., p. 214.

Cf. G. Morelli, *della Pittura italiana* (Milano, 1897), p. 103 ; — G. Morelli, *Italian painters* (London, 1900), t. I, p. 109 ; — A. Venturi, *la Galleria Crespi, etc., op. cit.,* p. 211 ; — B. Berenson, *the Florentine painters of the Renaissance, op. cit.,* p. 109.

Signalé dans le guide Bædeker.

# BALDUCCI (Matteo)
École siennoise, début du xvi⁰ siècle.

### 4 — *Sainte Catherine de Sienne.*

Bois. Haut., 51 cent. ; larg., 39 cent.

Cf. B. Berenson, *the Central Italian painters of the Renaissance* (2ᵈ ed., New-York, 1909), p. 138.

# BARTOLOMMEO VENETO

École vénitienne, première moitié du xviᵉ siècle.

## 5 — *La Vierge avec l'Enfant, dans un paysage.*

Bois. Haut., 61 cent.; larg., 5o cent.

Provient de Belluno.
Collection Ongania, de Venise.
Photographie Anderson, nᵒ 3441.
Reproduit dans le *Catalogue des tableaux, etc...
chez F. Ongania* (Venise, 1899), t. I, pl. nᵒ 2 ; —
dans *l'Arte* (1899), p. 434 ; — dans A. VENTURI, *la
Galleria Crespi, etc., op. cit.*, p. 84.
   Cf. A. VENTURI, *Bartolommeo Veneto*, dans *l'Arte*
(1899), pp. 432 et 436 ; — A. VENTURI, *la Galleria
Crespi, etc., op. cit.*, p. 86 ; — U. THIEME, *Allge-
meines Lexicon, etc., op. cit.*, t. II, p. 578, 2ᵉ col.,
au mot *Bartolommeo Veneto* (article signé :
P. D'ACHIARDI) ; — J. A. CROWE and G. B. CAVALCA-
SELLE, *a History of painting in North Italy, etc.,
op. cit.*, t. I, p. 299.
   Signalé dans le guide Bædeker.

# BASAÏTI (Marco)

École vénitienne, fin du xvᵉ-début du xviᵉ siècle.

## 6 — *Vierge à l'Enfant,*
*entre saint Sébastien et une sainte martyre.*

Bois. Haut., 71 cent.; larg., 1 m. 02.

Vente à Munich, le 2 mars 1896, d'objets provenant en partie de la succession Joseph Aumüller, de Munich, nº 695.

Photographie Anderson, nº 3443.

Reproduit dans le catalogue de la vente ci-dessus mentionnée, pl., p. 64; — et dans A. VENTURI, *la Galleria Crespi, etc., op. cit.,* pl., p. 122.

Cf. A. VENTURI, *la Galleria Crespi, etc., op. cit.,* pp. 121 et suiv.; — G. MORELLI, *della Pittura italiana, etc., op. cit.,* p. 287; — L. VENTURI, *le Origini della pittura veneziana, op. cit.,* p. 252; — U. THIEME, *Allgemeines Lexicon, etc., op. cit.,* t. II, p. 591, 2ᵉ col., au mot *Basaïti* (article signé : G. FOGOLARI); — J. A. CROWE and G. B. CAVALCASELLE, *a History of painting in North Italy, etc., op. cit.,* t. I, p. 271.

Signalé dans le guide Bædeker.

# BOCCACCINO (Boccacio)

École de Crémone, fin du xv^e - début du xvi^e siècle.

## 7 — *La Vierge à l'oiseau.*

Bois. Haut., 81 cent.; larg., 63 cent.

Peint vers 1497, suivant M. A. Venturi.
Photographie Anderson, n° 3442.
Reproduit dans A. VENTURI, *la Galleria Crespi,
etc., op. cit.*, pl., p. 118.
Cf. A. VENTURI, *la Galleria Crespi, etc., op. cit.*,
pp. 115 et suiv.; — B. BERENSON, *North Italian
painters of the Renaissance* (New-York, 1907), p. 168;
— J. A. CROWE and G. B. CAVALCASELLE, *a History
of painting in North Italy, etc., op. cit.*, t. III, p. 342;
— U. THIEME, *Allgemeines Lexicon, etc., op. cit.*,
t. IV, p. 149, 2^e col., au mot *Boccacio Boccaccino*
(article signé : F. MALAGUZZI-VALERI).
Signalé dans le guide Bædeker.

# BOCCACCINO (Pseudo)

École milanaise, début du xvi^e siècle.

## 8 — *La Vierge au turban.*

Bois. Haut., 52 cent.; larg., 40 cent.

Photographie Anderson, n° 3435.
Reproduit dans *Rassegna d'arte* (1909), pl., p. 127.
Cf. B. BERENSON, *North Italian painters of the
Renaissance, op. cit.*, p. 169; — G. FRIZZONI, *Nicola
Appiano ossia lo Pseudo-Boccaccino*, dans *Rassegna
d'arte* (1909), pp. 127 et suiv.; — J. A. CROWE and
G. B. CAVALCASELLE, *a History of painting in North
Italy, etc., op. cit.*, t. III, p. 341; — U. THIEME,
*Allgemeines Lexicon, etc., op. cit.*, t. IV, p. 151,
1^re col., au mot *Pseudo-Boccaccino* (article signé :
F. MALAGUZZI-VALERI).

# BOLTRAFFIO (GIOVANNI ANTONIO)

Milan, 1467 † Milan, 1516.

## 9 — *La Vierge au livre.*

Bois. Haut., 52 cent.; larg., 39 cent.

Peint vers 1510.

Collection Giuseppe Colbacchini, de Venise (vente à Milan, 16-18 avril 1888, n° 76).

Photographie Anderson, n° 3445.

Reproduit dans le catalogue de la vente Colbacchini, pl. n° 10, p. 16 (en contre-partie); — et dans A. VENTURI, *la Galleria Crespi, etc., op. cit.,* pl., p. 238.

Cf. G. CAROTTI, *G. A. Boltraffio,* dans *le Gallerie nazionali italiane* (Roma, 1899), t. IV, pp. 305 et suiv., et 329; — A. VENTURI, *la Galleria Crespi, etc., op. cit.,* p. 237; — B. BERENSON, *North Italian painters of the Renaissance, op. cit.,* p. 171; — U. THIEME, *Allgemeines Lexicon, etc., op. cit.,* t. IV, p. 256, 2e col., au mot *Boltraffio* (article signé : G. PAULI). — Il existe, d'autre part, un livre publié à Bassano, en 1887, par G. Colbacchini, sur les principales pièces de sa collection, où ce tableau est étudié et reproduit.

Signalé dans le guide Bædeker et dans le guide Joanne.

Une étude dessinée, pour la figure de l'Enfant Jésus, se trouve dans la collection Bonnat, à Paris (reproduite dans A. VENTURI, *op. cit.,* p. 241); — un dessin pour la tête de la Vierge est conservé à la bibliothèque de Windsor (photo Braun, n° 79230).

2*

# BORDONE (PARIS)

Trévise, 1500 † Venise, 1571.

**10 — *Un Berger et une Nymphe couronnés par un amour.***

Toile. Haut. 1 mètre; larg., 1 m. 35.

Collection du Prince de Camporeale, de Palerme.
Photographie Anderson, n° 3484.
Reproduit dans A. VENTURI, *la Galleria Crespi, etc., op. cit.*, pl., p. 166.
Cf. A. VENTURI, *la Galleria Crespi, etc., op. cit.*, pp. 165 et suiv.; — B. BERENSON, *the Venetian painters of the Renaissance* (3rd ed., New-York, 1911), p. 96; — U. THIEME, *Allgemeines Lexicon, etc., op. cit.*, t. IV, p. 351, 1re col., au mot *Paris Bordone* (article signé : E. SCHÆFFER).
Signalé dans le guide Bædeker et dans le guide Joanne.

# BORGOGNONE

## (AMBROGIO DA FOSSANO, dit LE)

Milan, vers 1450 † Milan, 1523.

**11 — *La Nativité.***

Bois. Haut., 1 m. 51; larg., 85 cent.

Collection Tensini, de Crema.
Photographie Anderson, n° 3430.
Cf. B. BERENSON, *North Italian painters of the Renaissance, op. cit.*, p. 174; — J. A. CROWE and G. B. CAVALCASELLE, *a History of painting in North Italy, op. cit.*, t. II, p. 374.
Signalé dans le guide Bædeker et dans le guide Joanne.

# CAMPI (Giulio)

Crémone, 1500 † Crémone, 1572.


12 — *La Fuite en Égypte.*

Toile. Haut., 74 cent.; larg., 59 cent.


Précédemment attribué à Lorenzo Lotto.
Gravé par Cornelis Cort (1541).
Photographie Anderson, n° 3491.
Cf. B. Berenson, *North Italian painters of the Renaissance, op. cit.,* p. 187.

*N. B. — Une épreuve de la gravure de C. Cort est jointe à ce numéro.*


# CAMPI (Attribué à Giulio)


13 — *Saint Jérôme.*

Bois. Haut., 43 cent.; larg., 29 cent.


Ce tableau a été également attribué à Dosso Dossi (Ferrare, vers 1479 † Ferrare, 1542).
Photographie Anderson, n° 3432.

# CAROTO (Francesco)

Vérone, 1470 † Vérone, 1546.

## 14 — *Sainte Famille.*

Signé d'un monogramme, en bas, vers la gauche.

Toile. Haut., 1 m. 25; larg., 95 cent.

Au dos du tableau, on lit sur le châssis : *Proviene dalla Galleria Bevilacqua sul Corso.*

Acquis de l'antiquaire Antonio Salvadori, de Venise.

Cf. B. Berenson, *North Italian painters of the Renaissance,* op. cit., p. 189; — Barclay Baron, *Giovanni Caroto,* dans *the Burlington Magazine* (1911), t. XVIII, p. 42; — J. A. Crowe and G. B. Cavalcaselle, *a History of painting in North Italy, etc.,* op. cit., t. II, p. 192.

Signalé dans le guide Bædeker.

# CONTI (Bernardino de')

Né à Pavie. Fin du xv⁰ - début du xvi⁰ siècle.

## 15 — *Portrait présumé d'un luthier.*

Dans l'angle inférieur droit, on lit : BERNARDINUS DE | LUVINUS | PINXIT | 1497.

Bois. Haut., 71 cent.; larg., 55 cent.

La signature que portait originairement le tableau a été recouverte par celle qu'on lit aujourd'hui et dans laquelle le mot *Luvinus* a été substitué à celui de *Comitis*.

Cf. G. Morelli, *della Pittura italiana, etc., op. cit.*, p. 194; — G. Frizzoni, *Giovanni Morelli e la critica moderna*, dans *l'Archivio storico dell' arte* (1897), p. 96; — A. Venturi, *la Galleria Crespi, etc., op. cit.*, pp. 255 et suiv.; — B. Berenson, *North Italian Painters of the Renaissance, op. cit.*, p. 198; — J. A. Crowe and G. B. Cavalcaselle, *a History of painting in North Italy, etc., op. cit.*, t. II, p. 395; — U. Thieme, *Allgemeines Lexicon, etc., op. cit.*, t. VII, p. 332, 2⁰ col., au mot *Bernardino dei Conti* (article signé : G. Pauli).

# CONTI (Bernardino de')

## 16 — *La Vierge allaitant l'Enfant.*

Bois. Haut., 41 cent.; larg. 30 cent.

Collection G. Bertini (vente à Milan, 15 mai 1899, n° 5).

# CORRÈGE (Antonio Allegri, dit Le)

Correggio, vers 1494 † Correggio, 1534.

## 17 — « *Mater amabilis* ».

Bois. Haut., 30 cent.; larg., 21 cent.

Peint vers 1518.

Collection du peintre Francesco Monti, dit le Brescianino (Brescia, 1646 † Parme, 1712).

Collection des Comtes Bertioli, de Parme (acquis en 1738).

Pinacothèque Borromeo-Monti, 1830.

Collection Fabrizi, de Rome.

Gravé par Maurizio de Magistris, de Plaisance, sous le titre ci-dessus.

Photographie Anderson, nº 3437.

Reproduit dans G. Gronau, *Corregio* (collection des *Klassiker der Kunst*, Stuttgart und Leipzig, 1907), p. 26.

Cf. J. Meyer, *Correggio* (Leipzig, 1871), p. 404, nº 93 (le tableau), et p. 495, nº 528 (la gravure); — J. Meyer, *Allgemeines Künstler Lexicon*, t. I (Leipzig, 1872), au mot *Allegri*, pp. 375 et 451, cat. nº 86 (le tableau), et p. 470, cat. nº 330 (la gravure); — G. Gronau, *Correggio, op. cit.*, pp. 160 et 169; — U. Thieme, *Allgemeines Lexicon, etc., op. cit.*, t. VII, p. 464, 2ᵉ col., au mot *Correggio* (article signé : G. Gronau).

# DOSSO (Battista del)

École ferraraise. Première moitié du xvi° siècle.

## 18 — *Portrait d'un seigneur.*

Toile. Haut., 49 cent.; larg., 38 cent. 1/2.

Photographie Anderson, n° 3448.
Reproduit dans A. Venturi, *la Galleria Crespi,
etc., op. cit.*, pl., p. 42.
Cf. A. Venturi, *la Galleria Crespi, etc., op. cit.*,
pp. 31 et suiv.; — E. G. Gardner, *the Painters of
the school of Ferrara* (London, 1911), p. 167.
Signalé dans le guide Bædeker.

# FERRARI (Gaudenzio)

Valduggia, vers 1471 † Milan, 1546.

## 19 — *Pietà.*

Haut., 1 m. 15 ; larg , 89 cent.

Collection du peintre Rossi, de Turin.
Collection N. Bianco, de Turin (vente à Milan,
25-26 novembre 1889, n° 34).
Photographie Anderson, n° 3456.
Reproduit dans le catalogue de la vente Bianco,
pl. 8, p. 20; — dans *l'Archivio storico dell' arte*
(1890), p. 409; — dans A. Venturi, *la Galleria*

*Crespi, etc., op. cit.*, pl., p. 270 ; — et dans E. Hal-sey, *Gaudenzio Ferrari* (London, 1908), p. 68.

Cf. G. F. [Frizzoni], *una « Pietà » di Gaudenzio Ferrari*, dans *l'Archivio storico dell' arte* (1890), pp. 408 et 409 ; — A. Venturi, *la Galleria Crespi, etc., op. cit.*, pp. vi et suiv. ; — B. Berenson, *North Italian painters of the Renaissance, op. cit.*, p. 230 ; — E. Halsey, *Gaudenzio Ferrari, op. cit.*, pp. 53, 68 et 139.

Signalé dans le guide Bædeker.

Suivant M. E. Halsey, le carton de ce tableau se trouve à l'Accademia Albertina, à Turin.

# FERRARI (Gaudenzio)

## 20 — *La Vierge au coussin bleu.*

Toile. Haut., 73 cent.; larg., 58 cent.

Attribué aussi à Bernardino Lanini (Verceil, vers 1520 † vers 1578), élève de Gaudenzio Ferrari.

Collection Rossi (vente à Milan, 19 avril 1898, n° 72).

Photographie Anderson, n° 3457.

Reproduit dans A. Venturi, *la Galleria Crespi, etc., op. cit.*, p. 273.

Cf. A. Venturi, *la Galleria Crespi, etc., op. cit.*, p. 271 ; — E. Halsey, *Gaudenzio Ferrari, etc., op. cit.*, pp. 67 et 68.

Signalé dans le guide Bædeker.

# FOPPA (VINCENZO)

Foppa, vers 1427 † ?, après 1502.

21 — *Vierge à l'Enfant, tenant un livre.*

Bois. Haut., 39 cent. ; larg., 26 cent.

Collection G. Bertini, de Milan (vente à Milan, 15 mai 1899, n° 11).

Photographie Anderson, n° 3492.

Reproduit dans C. J. FFOULKES and Mgr MAIOCCHI, *Vincenzo Foppa* (London, 1909), pl., p. 238.

Cf. A. VENTURI, *la Galleria Crespi, etc., op. cit.*, p. 223 ; — BRYAN, *Dictionary of painters, etc.* (London, 1904-1905), t. II, p. 179, 2e col., au mot *Foppa* (article signé : C. J. FFOULKES) ; — B. BERENSON, *North Italian painters of the Renaissance, op. cit.*, p. 219 ; — C. J. FFOULKES and Mgr MAIOCCHI, *Vincenzo Foppa, op. cit.*, p. 238 ; — G. FRIZZONI, *Vincenzo Foppa pittore*, dans *l'Arte* (1909), p. 256 ; — J. A. CROWE and G. B. CAVALCASELLE, *a History of painting in North Italy, etc., op. cit.*, t. II, p. 327.

Signalé dans le guide Bædeker.

# FRANCIA
## (Francesco Raibolini, dit Le)
Bologne, 1450 † Bologne, 1518.

### 22 — *Sainte Barbe.*

Signé en bas, vers la gauche : *Francia aurifex.*

Bois. Haut., 64 cent. ; larg., 47 cent.

Peint vers 1500-1501.

Galerie Coccapani, de Modène.

Collection Pietro Foresti, de Carpi.

Exposition du Centenaire de Muratori, 1872.

Photographie Anderson, n° 3431.

Reproduit dans G. Lipparini, *Francesco Francia* (Bergamo, 1913), p. 71 ; — et dans A. Venturi, *Storia dell' arte italiana*, t. VII, part. III (Milano, 1914), pl. 664, p. 903.

Cf. Bryan, *Dictionary of painters*, op. cit., t. IV, p. 184, 2ᵉ col., au mot *Raibolini* (article signé : G. C. Williamson) ; — B. Berenson, *North Italian painters of the Renaissance*, op. cit., p. 222 ; — G. C. Williamson, *Francesco Raibolini* (London, 1907), p. 152 ; — E. G. Gardner, *the Painters of the school of Ferrara*, op. cit., p. 216 ; — G. Lipparini, *Francesco Francia*, etc., op. cit., p. 72 ; — J. A. Crowe and G. B. Cavalcaselle, *a History of painting in North Italy*, op. cit., t. II, p. 285 ; — A. Venturi, *Storia dell' arte italiana*, op. cit., t. VII, part. III, pp. 902 et 996.

Signalé dans le guide Bædeker et dans le guide Joanne.

# FRANCIA (GIACOMO RAIBOLINI, dit LE)

Bologne, 1486 † Bologne, 1557.

ET

# FRANCIA (GIULIO RAIBOLINI, dit LE)

Bologne, 1487 † Bologne, après 1543.

## 23 — *Vierge couronnée et saints personnages.*

Bois. Haut., 31 cent.; larg., 21 cent.

Reproduit dans A. VENTURI, *la Galleria Crespi, etc., op. cit.*, pl., p. 18.

Cf. A. VENTURI, *la Galleria Crespi, etc., op. cit.*, pp. 17 et suiv.

M. A. Venturi rapproche ce tableautin, exécuté par les fils de Francesco Raibolini, dit le Francia, du tableau, de composition analogue, peint par ce dernier et conservé aujourd'hui dans l'église San Frediano, à Lucques (reproduit dans A. VENTURI, *op. cit.*, p. 19).

# GHIRLANDAJO (Ridolfo Bigordi, dit)

Florence, 1483 † Florence, 1561.

## 24 — *Triptyque :*
## *La Nativité et des saints personnages.*

Bois. Haut., 36 cent.
Largeur du panneau central, 23 cent.;
des panneaux latéraux, 10 cent.

Précédemment attribué à Mariotto Albertinelli (Florence, 1474 † Florence, 1515).
Collection Genolini, de Milan.
Photographie Anderson, n° 3497.
Cf. B. Berenson, *Florentine painters of the Renaissance, op. cit.*, p. 139.
Signalé dans le guide Bædeker.

# GIANPIETRINO (Pietro Ricci, dit)

École milanaise, première moitié du xvi⁰ siècle.

## 25 — *La Vierge à la grenade.*

Bois. Haut., 70 cent.; larg., 54 cent.

Collection du peintre Gaetano Chierici, de Reggio (province d'Émilie).
Photographie Anderson, n° 3493.
Reproduit dans A. Venturi, *la Galleria Crespi, etc., op. cit.*, pl., p. 266.
Cf. A. Venturi, *la Galleria Crespi, etc., op. cit.*, pp. 266 et suiv.; — A. Venturi, *la Galleria Sterbini, op. cit.*, p. 210.
Signalé dans le guide Bædeker.

## GIANPIETRINO (PIETRO RICCI, dit).

26 — *La Vierge avec l'Enfant Jésus
et le petit saint Jean.*

Bois. Haut., 65 cent.; larg., 48 cent.

Galerie Bonomi-Cereda (vente à Milan, 14-16 décembre 1896, n° 6).
Photographie Anderson, n° 3459.
Reproduit dans le catalogue de la vente Bonomi-Cereda, pl. 2, p. 10; — et dans A. VENTURI, *la Galleria Crespi, op. cit.*, pl., p. 266.
Cf. A. VENTURI, *la Galleria Crespi, etc., op. cit.*, pp. 263 et suiv.; — A. VENTURI, *la Galleria Sterbini, op. cit.*, p. 210; — B. BERENSON, *North Italian painters of the Renaissance, op. cit.*, p. 234.
Signalé dans le guide Bædeker.

## IMOLA (INNOCENZO FRANCUCCI, dit DA)

Imola, vers 1494 † Bologne, vers 1550.

27 — *Sainte Conversation.*

Bois. Haut., 34 cent. 1/2; larg., 26 cent. 1/2.

Photographie Anderson, n° 3455.
Reproduit dans A. VENTURI, *la Galleria Crespi, etc., op. cit.*, p. 44.
Cf. A. VENTURI, *la Galleria Crespi, etc., op. cit.*, pp. VII, 43 et suiv.

# LEONBRUNO (Lorenzo)

Mantoue, 1489 † Mantoue (?), vers 1537.

## 28 — *La Calomnie d'Apelle.*

A la partie inférieure, on lit : HEC SI IN ADVERSA, QUID IN PROSPERA LIOMBRUNO PINXISSET FORTUNA.

Peinture en noir et rouge, relevée d'or.

Bois. Haut., 61 cent.; larg., 85 cent.

Gravé, avec de légères variantes et des changements dans les inscriptions, par un maître présumé Giulio SANUTO. Une épreuve de cette planche se trouve au Musée des Offices, à Florence.

Photographie Anderson, n° 3499.

Reproduit dans *Rassegna d'arte* (1906), p. 92.

Cf. C. GAMBA, *Lorenzo Leonbruno*, dans *Rassegna d'arte* (1906), pp. 92 et suiv.

Ce curieux tableau paraît inspiré du célèbre chef-d'œuvre de Botticelli, *la Calomnie d'Apelle*, que Leonbruno put voir à Florence, alors qu'âgé d'une quinzaine d'années, il se trouvait dans cette ville avec le Pérugin.

On sait que plusieurs maîtres de la Renaissance italienne ont traité ce même sujet de *la Calomnie*, en s'inspirant de la description que L. B. Alberti, dans son *Traité de la peinture*, a donnée, d'après Lucien, de la peinture d'Apelle.

# LIBERALE DA VERONA

Vérone, 1451 † Vérone, 1536.

**29 — *Vierge adorant l'Enfant.***

Bois. Haut., 75 cent.; larg., 5o cent.

# LORENZO MONACO
## (DON LOZENZO, dit)

École florentine. Fin du xvᵉ - début du xviᵉ siècle.

**3o — *La Vierge et l'Enfant
adorés par des saints personnages.***

Bois. Forme ogivale.
Haut., 5o cent.; larg., 28 cent. 1/2.

Reproduit dans A. VENTURI, *la Galleria Crespi,
etc., op. cit.*, p. 200.
    Cf. A. VENTURI, *la Galleria Crespi, etc., op. cit.*,
p. 199; — O. SIRÉN, *Don Lorenzo Monaco* (Strass-
burg, 1905), pp. 167, 168 et 191; — B. BERENSON,
*Florentine painters of the Renaissance, op. cit.*,
p. 153.

# LOTTO (Lorenzo)

Venise, 1480 † Lorette, 1556.

## 31 — *Sainte Famille.*

Dans l'angle supérieur droit, on lit : L. LOTUS. MDXII.

Toile. Haut., 73 cent. ; larg., 64 cent.

Peint pour l'oratoire du palais Tadini, à Romano Lombardo (province de Bergame).

Acquis de l'antiquaire Anacleto Baslieri, de Bergame.

Signalé dans le guide Bædeker et dans le guide Joanne.

# LOTTO (Lorenzo)

## 32 — *Portrait de Niccola Leoniceno, célèbre médecin de Ferrare.*

Bois. Haut., 22 cent.; larg., 17 cent.

Peint en 1515, suivant M. B. Berenson.

Sur une étiquette collée au dos du panneau, on lit la notice suivante, d'une écriture ancienne :

*Leoniceno Niccola cel. Med. nacque a Lonigo nel Vicentino, nel 1423 [sic pour 1428]. Si rese versatissimo nelle belle lettere et insegnò la Medicina a Ferrara con molto applauso per ben piu di 60 anni. Fu il primo che tradusse le Op. di Galeno in lat. e non volle esercitare la Medicina. Venendo interrogato della ragione, rispose : « Io cosi rendo maggiori servizi al Pubblico, mentre cosi ammaestro tutti i Medici ». Fu egli disinteressato, sobrio e casto. Morî nel 1524 di 96 anni. Compose ottimi versi e lasciô opere assai stimate. Vedansi in proposito li due Scaligeri.*

Traduction :

*Niccola Leoniceno, médecin, naquit à Lonigo, dans le Vicentin, en 1423 [sic pour 1428]. Il fut très versé dans les belles lettres et enseigna la médecine à Ferrare avec beaucoup de succès pendant plus de soixante ans. Il fut le premier qui traduisit en latin les œuvres de Galien, et ne voulut pas exercer la médecine. Comme on lui en demandait la raison, il répondt : « Je rends ainsi plus de services au public, puisqu'ainsi je forme tous les médecins ». Il fut désintéressé, sobre et chaste. Il mourut en 1524, âgé de quatre-vingt-seize ans. Il a composé d'excellents vers et laissé des ouvrages très estimés. Voir à son sujet les deux Scaligeri.*

Cf. B. Berenson, *Lorenzo Lotto* (London, 1905), p. 118 ; — Bryan, *Dictionary of painters, etc., op. cit.*, t. III, p. 251, 1re col., au mot *Lorenzo Lotto* (article signé : M. Logan).

# LUINI (Bernardino)

Luino, vers 1475 † ?, vers 1532.

## 33 — *Saint Jérôme.*

Bois. Haut., 42 cent.; larg., 36 cent.

Collection Raikewich, de Milan.
Photographie Anderson, nᵒ 3496.
Reproduit dans L. Beltrami, *Luini* (Milano, 1911), p. 575.
Cf. A. Venturi, *la Galleria Crespi, etc., op. cit.,* p. 243; — B. Berenson, *North Italian painters of the Renaissance, op. cit.,* p. 249 ; — L. Beltrami, *Luini, op. cit.,* p. 574.
Signalé dans le guide Bædeker.

# LUINI (Bernardino)

## 34 — *Le Rédempteur.*

Bois. Forme octogonale.
Haut., 35 cent. 1/2; larg., 25 cent.

Au dos du panneau, on lit ces mots écrits à la pointe, dans le bois : *dell'Abbate Don patrizio Roselli, anno 1818.*
Photographie Anderson, nᵒ 3494.
Cf. B. Berenson, *North Italian painters of the Renaissance, op. cit.,* p. 249.

## LUINI (Ecole de BERNARDINO)

### 35 — *Le Christ en croix, entouré de saints personnages.*

Toile. Haut., 90 cent.; larg., 72 cent.

Photographie Anderson, n° 3477.
Reproduit dans A. VENTURI, *la Galleria Crespi,
etc., op. cit.*, pl., p. 246 ; — et dans L. BELTRAMI,
*Luini, op. cit.*, p. 468.
Cf. A. VENTURI, *la Galleria Crespi, etc., op. cit.*,
p. 245 ; — L. BELTRAMI, *Luini, op. cit.*, p. 470.
Suivant M. A. Venturi, une réplique de ce tableau,
postérieure en date et inférieure en qualité, se trou-
verait au Musée de l'Ermitage, à Saint-Pétersbourg
(reproduite dans A. VENTURI, *op. cit.*, p. 246).

## LUINI (Ecole de BERNARDINO)

### 36 — *La Purification.*

Bois. Haut., 21 cent.; larg., 46 cent. 1/2.

Faisait originairement partie d'une prédelle.
Pinacothèque Scarpa, de Motta di Livenza (vente
à Milan, 14 novembre 1895, n° 20).
Reproduit dans A. VENTURI, *la Galleria Crespi,
etc., op. cit.*, p. 249.
Cf. G. FRIZZONI, dans *l'Archivio storico dell'arte*
(1895), p. 421 ; — A. VENTURI, *la Galleria Crespi, etc.,
op. cit.*, p. 249.
M. A. Venturi signale qu'un autre tableau, provenant du même ensemble auquel appartenait
celui-ci, se trouve à Milan, dans la collection
Noseda.

# MANSUETI (Giovanni)

École vénitienne. Deuxième moitié du xvᵉ siècle.

## 37 — *Le Couronnement de la Vierge.*

Toile. Haut., 1 m. 46; larg., 1 m. 18.

Précédemment attribué à Francesco Rizo da Santa Croce.

Reproduit dans A. Venturi, *la Galleria Crespi, etc., op. cit.*, p. 160.

Cf. A. Venturi, *la Galleria Crespi, etc., op. cit.*, p. 159; — T. Borenius, *the Venetian school in the Grand-ducal collection, Oldenburg*, dans *the Burlington Magazine* (avril 1913), p. 26.

# MARZIALE (Marco)

Né à Venise. Début du xviᵉ siècle.

## 38 — *Déposition de la croix,*<br>*avec les portraits des donateurs.*

Bois. Haut., 81 cent. 1/2; larg., 95 cent.

Collection G. Bertini (vente à Milan, 15 mai 1899, nº 34).

Photographie Anderson, nº 3495.

Reproduit dans A. Venturi, *la Galleria Crespi, etc., op. cit.*, p. 330.

Cf. A. Venturi, *la Galleria Crespi, etc., op. cit.*, pp. 329 et suiv.; — J. A. Crowe and G. B. Cavalcaselle, *a History of painting in North Italy, op. cit.*, t. I, p. 233.

Signalé dans le guide Bædeker.

# MAZZOLINO (Ludovico Mazzoli, dit)

Ferrare, vers 1478 † Ferrare, 1528.

## 39 — *La Résurrection de Laʒare.*

Daté en bas, vers la droite : *1527. Agost.*

Bois. Haut., 38 cent. ; larg., 51 cent.

Pinacothèque Scarpa, de Motta di Livenza (vente à Milan, 14 novembre 1895, n° 24).

Photographie Anderson, n° 3466.

Reproduit dans le catalogue de la vente Scarpa ; — dans A. Venturi, *la Galleria Crespi, etc., op. cit.,* pl., p. 50.

Cf. G. Frizzoni, *la Pinacoteca Scarpa,* dans *l'Archivio storico dell'arte* (1895), pp. 409 et suiv.; — A. Venturi, *la Galleria Crespi, etc., op. cit.,* pp. vii, 47 et suiv.; — B. Berenson, *North Italian painters of the Renaissance, op. cit.,* p. 257 ; — E. G. Gardner, *the Painters of the School Ferrara, op. cit.,* p. 228.

# MICHEL-ANGE
## (Attribué à
## MICHELANGELO BUONAROTTI, dit)

Castel Caprese, 1475 † Rome, 1564.

### 40 — *La Madone Crespi.*

Bois. Haut., 82 cent.; larg., 60 cent.

Œuvre de la jeunesse de l'artiste, vers 1501-1505, inspirée d'une Madone de l'école de Donatello, dont une mauvaise copie se trouve au Musée Empereur-Frédéric, à Berlin.

Photographie Anderson, n° 3498.

Reproduit dans *les Arts* (1904, n° 29), p. 31 ; — dans F. KNAPP, *Michelangelo* (collection des *Klassiker der Kunst*, Stuttgard und Leipzig, 1906), p. 156 ; — et dans *Michel-Ange* (collection des *Classiques de l'Art*, Paris, 1909), p. 148.

Cf. UN AMATEUR [G. FRIZZONI], dans *les Arts* (1904, n° 29), pp. 31-32 ; — F. KNAPP *Michelangelo*, *op. cit.*, p. 170 ; — *Michel-Ange* (collection des *Classiques de l'Art*), *op. cit.*, p. 164.

Signalé dans le guide Bædeker et dans le guide Joanne.

# MORETTIS
## (CRISTOFORO DE' MORETTI, ou)

École lombarde, milieu du xvᵉ siècle.

### 41 — *La Vierge à l'Enfant*
### *avec une sainte religieuse et un chartreux.*

Bois. Haut., 55 cent. ; larg., 31 cent. 1/2.

Peint vraisemblablement pour la Chartreuse de
Pavie, où il ornait la cellule du moine dont il montre
le portrait.

Photographie Anderson, nᵒ 3462.

Reproduit dans A. VENTURI, *la Galleria Crespi,
etc., op. cit.*, p. 220 ; — et dans P. TOESCA, *la Pittura
e la miniatura nella Lombardia, dai più antichi
monumenti alla metà del quattrocento* (Milano,
1912), p. 555.

Cf. A. VENTURI, *la Galleria Crespi, etc., op. cit.*,
pp. 219 et suiv. ; — G. FRIZZONI, *Rassegna d'insigni
artisti italiani*, etc., dans *l'Arte* (1900), p. 326 ; —
P. TOESCA, *la Pittura e la minatura, etc., op. cit.*,
p. 555.

# MORETTO DE BRESCIA
## (ALESSANDRO BONVICINO, dit LE)

Brescia, vers 1498 † Brescia, 1554.

## 42 — *La Visitation.*

Toile. Haut., 71 cent.; larg., 92 **cent.**

Provient de la famille Ugoni, de Brescia.
Collection des Comtes Lecchi, de Brescia.
Collection de la Comtesse Calini Ferrari, de Brescia.
Photographie Anderson, n° 3444.
Reproduit dans A. VENTURI, *la Galleria Crespi, etc., op. cit.,* pl., p. 129.
Cf. *l'Opera del Moretto...* (Brescia, 1898), p. 76; — U. FLERES, *la Pinacoteca dell'Ateneo in Brescia,* dans *le Gallerie nazionali italiane* (Roma, 1889), t. IV, pp. 266 et 273; cat. de l'œuvre de Moretto, n° VI; — A. VENTURI, *la Galleria Crespi, etc., op. cit.,* pp. VIII, 129 et suiv.; — B. BERENSON, *North Italian painters, of the Renaissance, op. cit.,* p. 264; — J. A. CROWE and G. B. CAVALCASELLE, *a History of painting in North Italy, op. cit.,* t. III, p. 307.
Signalé dans le guide Bædeker.

# OGGIONNO (Marco d')

Oggionno, vers 1470 † Milan, vers 1530.

## 43 — *Triptyque :*
### *La Vierge à l'Enfant, avec deux donateurs et leurs saints patrons.*

Panneau central : *La Vierge et l'Enfant, avec deux anges musiciens.*

Signé en bas, sur la marche, entre les deux anges : Marci. Ogionis. P.

Volet de gauche : *Un Donateur et saint Jean-Baptiste.*

Volet de droite : *Un Donateur et saint Pierre.*

Bois. Chaque panneau :
haut., 1 m. 44; larg., 74 cent.

Ce triptyque formait, à l'origine, la partie inférieure d'un grand tableau d'autel à six compartiments. La partie supérieure de cet ensemble était constituée par un second triptyque qui forme le numéro suivant.

Acquis en 1851, de l'antiquaire Baslini, par le collectionneur Bonomi, de Milan.

Galerie Bonomi-Cereda, de Milan.

Exposition d'art ancien (Milan, 1872).

Photographie Anderson, nº 3500.

Reproduit dans A. Venturi, *la Galleria Crespi, etc., op. cit.,* pl., p. 262; — et dans *l'Arte* (1905), p. 419.

Cf. G. Morelli, *della Pittura italiana, etc., op. cit.,* p. 160; — A. Venturi, *la Galleria Crespi, etc., op. cit.,* pp. vi, 259 et suiv.; — Bryan, *Dictionary of*

3*

*painters, etc., op. cit.*, t. IV, p. 35, 1<sup>re</sup> col., au mot *Marco d'Oggionno*; — G. Frizzoni, *la Pala di Marco d'Oggionno*, dans *l'Arte* (1905), p. 420; — B. Berenson, *North Italian painters of the Renaissance, op. cit.*, p. 275; — J. Burckhardt, *le Cicerone* (trad. A. Gerard, sur la 5e éd., revue par W. Bode; 2e partie : Art moderne; Paris, s. d.), p. 724.

Signalé dans le guide Bædeker et dans le guide Joanne.

L'ensemble monumental que composent les deux triptyques catalogués, l'un sous ce numéro et l'autre sous le numéro suivant, est réputé comme l'ouvrage le plus considérable et le chef-d'œuvre de Marco d'Oggionno. Aussi, M. G. Frizzoni pense-t-il qu'il fut exécuté par l'artiste pour l'église de son pays natal, et que c'est à cette circonstance que l'on doit la signature exceptionnelle qu'il porte : Marci Ogionis P., qu'on ne peut lire autrement que : *Marci Ogionis pictura.*

## OGGIONNO (Marco d')

### 44 — *Triptyque :*
### *Un saint évêque, entre saint Gualbert et sainte Claire.*

Bois. Chaque panneau : haut., 1 m. 44; larg., 74 cent.

Partie supérieure d'un retable ou polyptyque d'autel, dont le numéro précédent formait la partie inférieure.

Photographie Anderson, n° 3461.

Reproduit dans A. Venturi, *la Galleria Crespi, op. cit., etc.*, pl., p. 262.

Pour la provenance, les références bibliographiques et les autres indications, voir le numéro précédent.

# OGGIONNO (Marco d')

## 45 — *Saint Étienne.*

Bois. Haut., 1 m. 45 ; larg., 70 cent.

Pendant du numéro suivant.
Galerie du Comte Bassi (vente à Milan, 7-9 novembre 1898, n° 8).
Reproduit dans le catalogue de la vente Bassi, pl. 2 ; — et dans A. Venturi, *la Galleria Crespi, etc.*, *op. cit.*, p. 260.
Cf. A. Venturi, *la Galleria Crespi, op. cit., etc.*, p. 262 ; — B. Berenson, *North Italian painters of the Renaissance, op. cit.*, p. 275.

# OGGIONNO (Marco d')

## 46 — *Saint Bonaventure.*

Bois. Haut., 1 m. 45; larg., 70 cent.

Pendant du numéro précédent.
Galerie du Comte Bassi (vente à Milan, 7-9 novembre 1898, n° 9).
Reproduit dans le catalogue de la vente Bassi, pl. 2 ; — et dans A. Venturi, *la Galleria Crespi, etc.*, *op. cit.*, p. 261.
Cf. A. Venturi, *la Galleria Crespi, etc., op. cit.*, p. 262.

# PALMA VECCHIO
## (Giacomo d'Antonio de Negreti, dit)

Seniralta, 1480 † Venise, 1528.

### 47 — *Le Christ ressuscité.*

Haut., 1 m. 33; larg., 82 cent.

Galerie de l'Archiduc Léopold-Guillaume et de Don Juan d'Autriche.

Collection Raikewich, de Milan.

Gravé par R. Eynhouedts, dans *le Théâtre des peintures de David Teniers... peintre et ayde de chambre des sérénissimes princes Léopolde*[sic] *Guil., archiduc, et don Jean d'Autriche, etc.* (Bruxelles, 1660), pl. 174.

Reproduit dans *Rassegna d'arte* (1906), p. 116.

Cf. G. Frizzoni, *Nuove rivelazioni intorno a Jacopo Palma il Vecchio,* dans *Rassegna d'arte* (1906), p. 116; — A. Foratti, *i Polittici palmeschi,* dans *l'Arte* (1911), p. 41; — J. A. Crowe and G. B. Cavalcaselle, *a History of painting in North Italy,* op. cit., t. III, p. 387.

Signalé dans le guide Bædeker.

# PIAZZA (ALBERTINO et MARTINO)

Lodi, fin du xvᵉ-début du xvIᵉ siècle.

**48 — *Triptyque à saints personnages.***

Panneau central : *Saint Nicolas de Bari.*

Volet de gauche : *Saint Jean-Baptiste et un saint évêque.*

Volet de droite : *Sainte Claire, l'archange Raphaël et le jeune Tobie.*

Bois. Haut., 1 m. 37.
Largeur du panneau central, 61 cent.
Largeur de chacun des panneaux latéraux, 49 cent.

Acquis de Mᵐᵉ F. Delvecchio, veuve Connio, de Gênes.
Photographie Anderson, n° 3488.
Reproduit dans A. VENTURI, *la Galleria Crespi, etc., op. cit.*, pl., p. 278.
Cf. *l'Arte* (1898), p. 83 ; — A. VENTURI, *la Galleria Crespi, etc., op. cit.*, pp. 277 et suiv.; — BRYAN, *Dictionary of painters, op. cit.*, t. IV, p. 111, 1ʳᵉ col., au mot *Piazza* (article signé : C. J. FFOULKES) ; — B. BERENSON, *North Italian painters of the Renaissance, op. cit.*, p. 281.

# PIAZZA (Albertino et Martino)

**49 — *Diptyque : L'Annonciation.***

Volet de gauche : *l'Ange.*

Volet de droite : *la Vierge.*

Bois. Chaque panneau : haut., 59 cent.; larg., 41 cent.

# PORDEDONE
## (Bernardo Licinio, dit Le)
École vénitienne, première moitié du XVIᵉ siècle.

**50 — *La Sainte Famille,***
***avec saint Antoine de Padoue.***

Toile. Haut., 1 m. 17; larg., 1 m. 50.

Provient de l'église de la Madonna di Loretto, dans l'île de Saint-Clément, lagune de Venise.

Galerie Manfrin, de Venise.

Collection G. Frizzoni, de Milan.

Photographie Anderson, n° 3460.

Reproduit dans A. Venturi, *la Galleria Crespi, etc., op. cit.*, pl., p. 156.

Cf. M. Boschini, *le Ricche minere della pittura Veneziana* (Venezia, 1674), « Sestier della Croce », p. 52; — *Descrizione di tutte le pubbliche pitture della città di Venezia* (Venezia, 1733), p. 468; — *Pinacoteca Manfrin a Venezia* (Venezia, 1872), p. 29, n° 138; — A. Venturi, *la Galleria Crespi, etc., op. cit.*, p. 156; — B. Berenson, *the Venetian painters of the Renaissance* (3ʳᵈ ed., New-York, 1911), p. 111; — J. A. Crowe and G. B. Cavalcaselle, *a History of painting in North Italy, op. cit.*, t. III, p. 187.

Signalé dans le guide Bædeker.

# PORDENONE
## (Bernardo Licinio, dit Le)

### 51 — *La Vierge avec l'Enfant et le petit saint Jean.*

Toile. Haut., 1 m. 09; larg., 92 cent.

Photographie Anderson, n° 3433.
Reproduit dans A. Venturi, *la Galleria Crespi,
etc., op. cit.*, p. 157; — et dans A. Venturi, *la Galleria Sterbini, op. cit.*, p. 177, fig. 73.
Cf. A. Venturi, *la Galleria Crespi, etc., op. cit.*,
p. 156; — A. Venturi, *la Galleria Sterbini, op. cit.*,
p. 174; — J. A. Crowe and G. B. Cavalcaselle,
*a History of painting in North Italy, op. cit.*,
t. III, p. 190.


# ROMANINO (Girolamo Romano, dit)
Brescia, vers 1485 † Brescia, 1566.

### 52 — *Le Christ portant la croix.*

Toile. Haut., 82 cent.; larg., 73 cent.

Collection du Comte Cesare Averoldi, de Brescia.
Photographie Anderson, n° 3485.
Reproduit dans A. Venturi, *la Galleria Crespi,
etc., op. cit.*, pl., p. 128.
Cf. A. Venturi, *la Galleria Crespi, etc., op. cit.*,
pp. VIII et 127; — B. Berenson, *North Italian pain-
ters of the Renaissance op. cit.*, p. 285; — J. A. Crowe
and G. B. Cavalcaselle, *a History of painting in
North Italy, op. cit.*, t. III, p. 286.
Signalé dans le guide Bædeker.

# SANTA CROCE (Girolamo da)

Santa Croce, ? † Venise, 1556.

## 53 — *Saint Paul et saint Jacques le Majeur.*

Bois. Haut., 1 m. 02 ; larg., 47 cent.

Pendant du numéro suivant.
Collection de la Comtesse Noli, de Bergame.
Collection des Comtes Albani, de Bergame.
Reproduit dans A. Venturi, *la Galleria Crespi,*
*etc., op. cit.,* p. 163.
Cf. A. Venturi, *la Galleria Crespi, etc., op. cit.,*
p. 161 ; — J. A. Crowe and G. B. Cavalcaselle, *a*
*History of painting in North Italy*, *op. cit.*, t. III,
p. 443.

# SANTA CROCE (Girolamo da)

## 54 — *Saint Sébastien et saint Matthieu.*

Bois. Haut., 1 m. 02 ; larg., 47 cent.

Pendant du numéro précédent.
Collection de la Comtesse Noli, de Bergame.
Collection des Comtes Albani, de Bergame.
Reproduit dans A. Venturi, *la Galleria Crespi,*
*etc., op. cit.,* p. 162.
Cf. A. Venturi, *la Galleria Crespi, etc., op. cit.,*
p. 161 ; — J. A. Crowe and G. B. Cavalcaselle, *a*
*History of painting in North Italy*, *op. cit.*, t. III,
p. 443.

# SALVODO (Giovanni Girolamo)

Brescia, vers 1480 † ?, 1548.

## 55 — *La Nativité.*

Toile. Haut., 70 cent.; larg., 87 cent.

Collection Brianzi, de Milan.
Signalé dans le guide Bædeker.


# SODOMA (Giovanni Antonio Bazzi, dit Le)

Verceil, 1477 † Sienne, 1549.

## 56 — *Sainte Famille.*

Bois. Haut., 34 cent.; larg., 28 cent.

Photographie Anderson, n° 3434.
Cf. B. BERENSON, *North Italian painters of the Renaissance, op. cit.*, p. 288 ; — L. GIELLY, *Giovan Antonio Bazzi dit le Sodoma* (collection des *Maîtres de l'Art ;* Paris, s. d.), p. 12.

# SOLARIO (Andrea)

Milan, vers 1465 † Milan, après 1515.

## 57 — *La Madone Pitti.*

Toile. Haut., 51 cent.; larg., 36 cent.

Provient de la famille Pitti, de Florence.
Collection Finzi, de Crémone.
Photographie Anderson, n° 3489.
Reproduit dans A. Venturi, *la Galleria Crespi,
etc., op. cit.*, pl., p. 230 ; — et dans *Rassegna d'arte*
(1913), pl., p. 89.
Cf. A. Venturi, *la Galleria Crespi, etc., op. cit.*,
pp. vi et 230 ; — B. Berenson, *the Study and criticism of Italian art* (London, 1903), t. I, p. 107 ; —
B. Berenson, *North Italian painters of the Renaissance, op. cit.*, p. 294 ; — J. A. Crowe and G. B. Cavalcaselle, *a History of painting in North Italy,
op. cit.*, t. II, p. 385 ; — L. de Schlegel, *Andrea
Solario*, dans *Rassegna d arte* (1913), p. 91.
Signalé dans le guide Bædeker.

# SOLARIO (Andrea)

**58 — « *L'Addolorata* ».**

Bois. Haut., 37 cent.; larg., 29 cent.

Galerie Bonomi-Cereda, de Milan.

Exposition d'art ancien, Milan, 1872.

Gravé par Fumagalli, dans I. Fumagalli, *Scuola di Lionardo da Vinci in Lombardia* (Milano, 1811).

Photographie Anderson, n° 3470.

Reproduit dans A. Venturi, *la Galleria Crespi*, etc., *op. cit.*, pl., p. 234 ; — et dans *Rassegna d'arte* (1913), p. 107.

Cf. G. Morelli, *della Pittura italiana etc.*, *op. cit.*, p. 166 ; — A. Venturi, *la Galleria Crespi, etc.*, *op. cit.*, pp. vi et 234 ; B. Berenson, *North Italian painters of the Renaissance*, *op. cit.*, p. 294 ; — J. A. Crowe and G. B. Cavalcaselle, *a History of painting in North Italy*, *op. cit.*, t. II, pp. 380 et 385 ; — L. de Schlegel, *Andrea Solario*, dans *Rassegna d'arte* (1913), p. 105.

Signalé dans le guide Bædeker.

Il existe, dans la galerie Borghèse, à Rome, une copie ancienne de ce tableau, peinte en 1543 par Symon Mailly ou Simon de Châlons (reproduite dans A. Venturi, *op. cit.*, p. 235).

# SOLARIO (Andrea)

59 — « *Ecce Homo* ».

Bois. Haut., 3o cent.; larg., 21 cent. 1/2.

Collection du Marquis Arese, de Milan.
Photographie Anderson, n° 3469.
Reproduit dans A. Venturi, *la Galleria Crespi,
etc., op. cit.*, pl., p. 226; — et dans *Rassegna d'arte*
(1913), p. 92, fig. 5.
Cf. A. Venturi, *la Galleria Crespi, etc., op. cit.*,
pp. vi, 225 et suiv.; — B. Berenson, *North Italian
painters of the Renaissance, op. cit.*, p. 294; — J. A.
Crowe and G. B. Cavalcaselle, *a History of painting in North Italy, op. cit.*, t. II, p. 385; — M. Nicolle et E. Dacier, *Ville de Nantes, Musée municipal
des beaux-arts, Catalogue* (Nantes, 1913), p. 71; —
L. de Schlegel, *Andrea Solario*, dans *Rassegna
d'arte* (1913), pp. 92-93.
Signalé dans le guide Bædeker.

# SOLARIO (Andrea)

### 60 — *Christ bénissant.*

Bois. Haut., 2 m. 04; larg., 1 m. 31.

Collection du Marquis Pallavicino, de Milan.
Photographie Anderson, n° 3471.
Reproduit dans A. Venturi, *la Galleria Crespi,*
*etc., op. cit.*, pl., p. 236.
Cf. G. Morelli, *della Pittura italiana, op. cit.*,
p. 158; — A. Venturi, *la Galleria Crespi, etc., op.*
*cit.*, p. 236; — B. Berenson, *North Italian painters*
*of the Renaissance, op. cit.*, p. 294; — J. A. Crowe
and G. B. Cavalcaselle, *a History of painting in*
*North Italy, op. cit.*, t. II, p. 385; — L. de Schlegel,
*Andrea Solario*, dans *Rassegna d'arte* (1913), p. 105.

# VÉRONÈSE
## (Ecole de Paolo Caliari, dit Paul)

Vérone, 1528 † Venise, 1588.

### 61 — *Déposition de croix.*

Toile. Haut., 60 cent.; larg., 57 cent.

Galerie du chevalier F. Meazza (vente à Milan,
15 avril 1884, n° 48).
Photographie Anderson, n° 3476.
Cf. A. Venturi, *la Galleria Crespi, etc., op. cit.*,
pp. 171 et suiv.
Une *Déposition de Croix*, de composition ana-
logue à celle-ci, se trouve dans la Galerie Doria, à
Rome, sous le nom de P. Véronèse (reproduite dans
A. Venturi, *op. cit.*; p. 174).

# VINCI
## (Atelier de Leonardo da Vinci, ou Léonard de)

Vinci, 1452 † Cloux, 1519.

## 62 — *La Vierge de l' « Ave Maria »*.

Bois. Haut., 56 cent.; larg., 40 cent.

Collection Lugani, 1852.
Galerie Bonomi-Cereda, de Milan (vente à Milan, 14-16 décembre 1896, n° 3).
Photographie Anderson, n° 3453.
Reproduit dans A. Venturi, *la Galleria Crespi, etc., op. cit.*, p. 252.
Cf. A. Venturi, *la Galleria Crespi, etc., op. cit.*, pp. 251 et suiv.; — B. Berenson, *North Italian painters of the Renaissance, op. cit.*, p. 260.
Signalé dans le guide Bædeker.

Tableau exécuté à Milan, dans les dernières années du xve siècle ou au début du xvie, sous la direction immédiate de Léonard de Vinci, qui semble même y avoir travaillé, en particulier au visage de la Vierge. Nous pensons que cette peinture, commencée par Léonard, fut reprise et achevée par un de ses élèves, probablement Ambrogio da Predis, l'auteur de la *Vierge aux rochers* de Londres.

# VIVARINI (Bartolommeo)

Né à Murano. Deuxième moitié du xv⁰ siècle.

**63 — *Le Christ au tombeau, adoré par deux anges.***

Bois. Haut., 47 cent.; larg., 76 cent.

Formait originairement la partie inférieure d'un retable.

Collection des Comtes Albani, de Bergame.
Photographie Anderson, n° 3482.
Reproduit dans A. Venturi, *la Galleria Crespi, etc., op. cit.*, p. 56.
Cf. A. Venturi, *la Galleria Crespi, etc., op. cit.*, pp. 55 et suiv.; — L. Venturi, *le Origini della pittura Veneziana, op. cit.*, p. 182; — A. Venturi, *Storia dell'arte italiana, op. cit.*, t. VII, part. III, p. 320.

# DEUXIÈME PARTIE

# TABLEAUX

DES

# ÉCOLES D'ITALIE

ET DE

# L'ÉCOLE ESPAGNOLE

XVIIe ET XVIIIe SIÈCLES

## CANALETTO (Antonio Canal, dit)

64 — *Venise : le Grand Canal
et l'entrée du Cannaregiò.*

Toile. Haut., 72 cent.; larg., 1 m. 21.

Pendant du numéro suivant.
Galerie du Cardinal Bonadies, de Rome.
Collection Pace, de Florence.
Gravé avec quelques variantes par Antonio Visen-
tini, *Urbis Venetiarum prospectus celebriores ex
Antonii Canal tabulis XXXVIII aere expressi*
(Venetiis, 1742), 1re partie, pl. X (cette gravure est
reproduite dans A. Moureau, *Antonio Canal;* coll.
des *Artistes célèbres;* Paris, 1894, p. 65).

# CANALETTO (Antonio Canal, dit)
Venise, 1697 † Venise, 1768.

## 65 — *Venise :*
*le Grand Canal, entre le palais Moro-Lin*
*et le palais Foscari.*

Toile. Haut., 72 cent.; larg., 1 m. 21.

Pendant du numéro précédent.
Galerie du Cardinal Bonadies, de Rome.
Collection Pace, de Florence.
Gravé avec quelques variantes par Antonio Visen-
tini, *Urbis Venetiarum prospectus celebriores, etc.,*
*op. cit.,* 1re partie, pl. II.


# CANALETTO (Antonio Canal, dit)

## 66 — *Venise : le Grand Canal, en face*
*de la Croce di Venezia.*

Toile. Haut., 62 cent.; larg., 98 cent.

Pendant du numéro suivant.
Collection de Don Agostino Garzoli, de Milan.
Gravé par Marco Sebastiano Giampiccoli (cette
gravure est reproduite dans A. Venturi, *la Galleria*
*Crespi, etc., op. cit.,* p. 192); — et par Antonio
Visentini, *Urbis Venetiarum prospectus celebriores,*
*etc., op. cit.,* 2e partie, pl. II.
Photographie Anderson, n° 3450.
Reproduit dans A. Venturi, *la Galleria Crespi,*
*etc., op. cit.,* p. 194.
Cf. A. Venturi, *la Galleria Crespi, etc., op. cit.,*
p. 191.
Signalé dans le guide Bædeker.

*N. B. — Une épreuve de la gravure de Giampic-*
*coli est jointe à ce numéro.*

# CANALETTO (Antonio Canal, dit)

## 67 — *Venise : le Grand Canal, devant S. Stae.*

Toile. Haut., 62 cent.; larg., 98 cent.

Pendant du numéro précédent.
Collection de Don Agostino Garzoli, de Milan.
Gravé par Marco Sebastiano Giampiccoli (cette gravure est reproduite dans A. Venturi, *la Galleria Crespi, etc., op. cit.,* p. 193); — et par Antonio Visentini, *Urbis Venetiarum prospectus celebriores, etc., op. cit.,* 2e partie, pl. V.
Photographie Anderson, n° 3449.
Reproduit dans A. Venturi, *la Galleria Crespi, etc., op. cit.,* pl., p. 194.
Cf. A. Venturi, *la Galleria Crespi, etc., op. cit.,* p. 191.
Signalé dans le guide Bædeker.

*N. B. — Une épreuve de la gravure de Giampiccoli est jointe à ce numéro.*

# CARPIONI (Giulio)

Venise, 1611 † Vérone, 1674.

## 68 — *Bacchanale*.

Toile. Haut., 67 cent. ; larg., 85 cent.

Reproduit dans A. Venturi, *la Galleria Crespi,
etc., op. cit.*, p. 176.
    Cf. A. Venturi, *la Galleria Crespi, etc., op. cit.*,
p. 175 ; — U. Thieme, *Allgemeines Lexicon, etc.,
op. cit.*, t. VI, p. 5o, 2ᵉ col., au mot *Giulio Carpioni*
(article signé : R.).

# CRESPI (Daniele)

Busto Arsizio, 1590 † Milan, 1630.

## 69 — *La Flagellation*.

Toile. Haut., 1 m. 07 ; larg., 90 cent.

Photographie Anderson, n° 3451.
    Reproduit dans A. Venturi, *la Galleria Crespi,
etc., op. cit.*, pl., p. 286.
    Cf. A. Venturi, *la Galleria Crespi, etc., op. cit.*,
p. 285 ; — U. Thieme, *Allgemeines Lexicon, etc.,
op. cit.*, t. VIII, p. 90, 1ʳᵉ col., au mot *Daniele Crespi*
(article signé : H. Voss).

# CRESPI (Giuseppe Maria), dit l'Espagnol

Bologne, 1665 † Bologne, 1747.

## 70 — *Portrait de l'artiste.*

Toile. Haut., 40 cent.; larg., 30 cent.

Galerie du Marquis Costabili, de Ferrare (vente à Milan, 27-29 avril 1885, nº 129).

Exposé à la « Mostra del ritratto italiano » (Florence, 1911).

Gravé, sans nom d'auteur, en ovale, avec cette lettre en encadrement : *Cav. Gius. M. Crespi Bol. Dº Lº Spagnuolo pittore figur. acad. Clem.*, dans [L. C. Crespi], *Vite de' pittori bolognesi non descritte nella « Felsina pittrice »* (Roma, 1769), pl., p. 201.

Reproduite dans A. Venturi, *la Galleria Crespi, etc., op. cit.*, p. 314; — et dans *Rassegna d'arte* (1911), p. 83.

Cf. *Catalogo dei quadri della Galleria Costabili in Ferrara* (Bologna, 1871), p. 30, nº 467; — A. Venturi, *la Galleria Crespi, etc., op. cit.*, p. 313; — N. Tarchiani, *la Mostra del ritratto italiano, etc.*, dans *Rassegna d'arte* (1911), p. 89; — U. Thieme, *Allgemeines Lexicon, etc., op. cit.*, t. VIII, p. 94, 2e col., au mot *Giuseppe Maria Crespi* (article signé : H. Voss).

# CRESPI (Giuseppe Maria), dit l'Espagnol

## 71 — *Scène de genre.*

Toile. Haut., 57 cent.; larg., 42 cent.

Pinacothèque Scarpa, de Motta di Livenza (vente à Milan, 14 novembre 1895, n° 64).
Reproduit dans le catalogue de la vente Scarpa; — et dans A. VENTURI, *la Galleria Crespi, etc., op. cit.*, p. 316.
Cf. G. FRIZZONI, *la Pinacoteca Scarpa*, dans *l'Archivio storico dell'arte* (1895), p. 422; — A. VENTURI, *la Galleria Crespi, etc., op. cit.*, p. 313; — U. THIEME, *Allgemeines Lexicon, etc., op. cit.*, t. VIII, p. 94, 2e col., au mot *Giuseppe Maria Crespi* (article signé : H. Voss).
Signalé dans le guide Bædeker.
Une composition du même genre, par le même artiste, se trouve au Musée des Offices, à Florence (n° 992; reproduite dans A. VENTURI, *la Galleria Crespi, etc., op. cit.*, p. 315).

# GHISLANDI (Fra Vittore)

San Leonardo, 1655 † Venise, 1743.

## 72 — *Portrait de jeune gentilhomme.*

Toile. Haut., 40 cent.; larg., 33 cent.

Au dos du tableau, on lit : *Rittrato Sr Cte Albani.*
Collection des Comtes Albani, de Bergame.

# GUARDI (Francesco)
### Venise, 1712 † Venise, 1793.

## 73 — *Paysage animé.*

Bois. Haut., 11 cent.; larg., 17 cent.

Pendant du numéro suivant.
Collection du Comte G. B. Lucini Passalaqua, de Milan (2ᵉ partie, vente à Milan, 10 juin 1897, nº 21).

# GUARDI (Francesco)

## 74 — *Paysage animé.*

Bois. Haut., 11 cent.; larg., 17 cent.

Pendant du numéro précédent.
Collection du Comte G. B. Lucini Passalaqua, de Milan (2ᵉ partie, vente à Milan, 10 juin 1897, nº 21).

# GUIDE (Guido Reni, dit Le)
### Calvenzano, 1575 † Bologne, 1642.

## 75 — « *Amorino* ».

Toile. Haut., 61 cent.; larg., 73 cent.

# GUIDE (Guido Reni, dit Le)

*76 — Quatre scènes de l'histoire de la Vierge*
*et de la vie de Jésus.*

1. *L'Annonciation.*

2. *La Visitation.*

3. *La Nativité.*

4. *La Purification.*

Bois. Haut., 31 cent.; larg., 1 m. 28.

# GUIDE (Guido Reni, dit Le)

*77 — Quatre scènes de*
*l'histoire de la Vierge et de la vie de Jésus.*

1. *Jésus parmi les docteurs.*

2. *Jésus au jardin des Oliviers.*

3. *La Flagellation.*

4. *Ecce Homo.*

Bois. Haut., 31 cent.; larg , 1 m. 28.

# GUIDE (Guido Reni, dit Le)

## 78 — *Quatre scènes de l'histoire de la Vierge et de la vie de Jésus.*

1. *Jésus tombe sous le poids de la croix.*

2. *Le Calvaire.*

3. *La Résurrection.*

4. *L'Ascension.*

Bois. Haut., 31 cent.; larg., 1 m. 28.

# GUIDE (Guido Reni, dit Le)

## 79 — *Quatre scènes de l'histoire de la Vierge et de la vie de Jésus.*

1. *La Pentecôte.*

2. *L'Assomption.*

3. *Le Couronnement de la Vierge.*

4. *La Fondation du Rosaire.*

Bois. Haut., 31 cent.; larg., 1 m. 28.

4*

# RIBERA (Jusepe de),
## dit l'Espagnolet

Jativa, 1588 † Naples, 1652.

### 80 — *Saint Jérôme.*

Signé en bas, au milieu : *Jusepe de Ribera español | F. 1640.*

Toile. Haut., 1 m. 29; larg., 1 m. 02.

Collection Contardi, 1854.
Galerie Bonomi-Cereda, de Milan (vente à Milan, 14-16 décembre 1896, n° 164).
Photographie Anderson, n° 3468.
Reproduit dans A. Venturi, *la Galleria Crespi,* etc., *op. cit.,* pl., p. 298.
Cf. A. Venturi, *la Galleria Crespi,* etc., *op. cit.,* pp. 297 et suiv.; — A. L. Mayer, *Jusepe de Ribera* (Leipzig, 1908), pp. 127, 185 et 187; — A. Muñoz, *Bibliografia* [article sur l'ouvrage de A. L. Mayer], dans *l'Arte* (1909), p. 78.
Signalé dans le guide Bædeker.

# RICCI (Marco)

Belluno, 1680 † Belluno, 1730.

### 81 — *Une Villa de la Vénétie.*

Toile. Haut., 52 cent.; larg., 79 cent.

Pendant du numéro suivant.
Galerie Bonomi-Cereda, de Milan (vente à Milan, 14-16 décembre 1896, n° 40).

# RICCI (Marco)

**82 — *Une Ville au bord d'un fleuve,
dans le Vénétin.***

Toile. Haut., 52 cent.; larg., 79 cent.

Pendant du numéro précédent.
Galerie Bonomi-Cereda, de Milan (vente à Milan,
14-16 décembre 1896, n° 39).

# RICCI  (Sebastiano)
Belluno, 1662 † Belluno, 1734

**83 — *La Communion de sainte Lucie.***

Toile. Haut., 47 cent.; larg., 35 cent. 1/2.

Au dos de la toile, on lit cette inscription, d'une
écriture ancienne : *Sebastianus Ricci pictor fecit
celeberrim. anno MDCCXXX.*
Collection Sambon, de Milan.
Reproduit dans A. Venturi, *la Galleria Crespi,
etc., op., cit.*, p. 188.
Cf. A. Venturi *la Galleria Crespi, etc., op. cit.*,
p. 187.

# TIEPOLO (Giovanni Battista)
Venise, 1696 † Madrid, 1770.

## 84 — *La Vision de sainte Anne.*

Signé en bas, vers la gauche : *Gio. Batta. Tiepolo. 1759.*

Toile. Haut., 2 m. 44; larg., 1 m. 20.

Tableau d'autel peint pour le couvent des Bénédictines de Sainte-Claire d'Aquilée, à Cividale (Frioul), où il demeura jusqu'en 1810. Il semble qu'il fut porté à ce moment à la Pinacothèque du Liceo, à Udine, d'où il disparut. On sait qu'il fut acheté postérieurement, pour la modique somme de 3oo lires autrichiennes, par un *rigatiere* de Milan, nommé Sabajo, qui tenait boutique, près de Santa Maria dei Servi, avant 1845.

Collection de Don Agostino Garzoli, de Milan.

Gravé en contre-partie par Lorenzo TIEPOLO, fils de Giovanni Battista. La planche (DE VESME, n° 1) porte comme légende : *Johannes Bapta. Tiepolo inv. et pinx. | Laurentius filius del. et fecit;* et en haut, en dehors du cintre, le n° 24 (cette grav. est repr. dans *Acque-forti dei Tiepolo, etc., riprodotte da C. Jacobi,* Venezia, 1879, pl. 98 ; et dans A. VENTURI, *la Galleria Crespi, etc., op. cit.,* p. 18o).

Photographie Anderson, n° 3479.

Reproduit dans A. VENTURI, *la Galleria Crespi, etc., op. cit.,* pl., p. 182 ; — dans E. SACK, *Giambattista und Domenico Tiepolo* (Hamburg, 1910), p, 133, pl. 127 ; — dans P. MOLMENTI, *G. B. Tiepolo* (Milano, 1909), p. 144 ; — et dans P. MOLMENTI, *Tiepolo* (Paris, 1911), pl. 115.

Cf. F. DI MANIAGO, *Guida di Udine e Cividale* (Udine, 1839). p. 106 ; — A. VENTURI, *la Galleria Crespi, etc., op. cit.,* pp. VIII, 179 et suiv.; — A. DE VESME, *le Peintre-graveur italien* (Milan, 1906), pp. 440 et 441 ; — P. Molmenti, *G. B. Tiepolo* (éd. ital.), *op. cit.*, pp. 147, 148, 156 et 157 ; — E. Sack, *Giambattista und Domenico Tiepolo, op. cit.*, pp. 133 et 172, et cat. nº 185 ; — P. Molmenti, *Tiepolo* (éd. franç.), *op. cit.*, pp. 113 et 114 ; — B. Berenson, *Venetian painters, op. cit.*, p. 133.

Signalé dans le guide Bædeker.

L'esquisse de ce tableau se trouve dans la présente collection (voir le numéro suivant).

*N.-B. — Une épreuve de la gravure de Lorenzo Tiepolo est jointe à ce numéro.*

## TIEPOLO (Giovanni Battista)

### 85 — *La Vision de sainte Anne.*

ESQUISSE DU TABLEAU PRÉCÉDENT

Toile. Haut., 48 cent. ; larg., 26 cent.

Esquisse du tableau d'autel peint, en 1759, par Giovanni Battista Tiepolo pour le couvent de Santa Chiara, à Cividale (voir le numéro précédent).

Sur une étiquette collée au dos du châssis, on lit la notice suivante, d'une écriture ancienne : *Modello originale di Tiepolo per la tavola dell' altare nel convento di S. Chiara in Cividale. Comprato dalla galeria Badese Tiepolo per lire sessanta tre, li 23 maggio 1808*.

Photographie Dubray, Milan, nº 280.

Reproduit dans *l'Illustrazione italiana* (1896), t. I, p. 327 ; et dans A. Venturi, *la Galleria Crespi, etc., op. cit.*, p. 181.

Cf. *L'Illustrazione italiana* (1896), t. I, p. 327 ; — A. Venturi, *la Galleria Crespi, etc., op. cit.*, p. 182 ; — E. Sack, *Giambattista und Domenico Tiepolo, op. cit.*, pp. 133 et 172, et cat., nº 186.

Signalé dans le guide Bædeker.

# TIEPOLO (Giovanni Battista)

### 86 — *La « Beata Ludvina »*.

Toile. Haut., 65 cent., larg., 5o cent.

Au dos du tableau, sur la traverse conservée du châssis original, se trouve l'indication suivante, d'une écriture ancienne : *Anno 1741, fu fatta dal S^re Gian. Batt. Tiepolli* [sic], *insigne pittore veneziano, la beata Luduina*.

Reproduit dans A. VENTURI, *la Galleria Crespi, etc., op. cit.,* p. 185.

Cf. A. VENTURI, *la Galleria Crespi, etc., op. cit.,* p. 186 ; — P. MOLMENTI, *G. B. Tiepolo* (éd. ital.), *op. cit.,* p. 147 ; — E. SACK, *Giambattista und Domenico Tiepolo, op. cit.,* pp. 99 et 172, et cat., n° 187 ; — P. MOLMENTI, *Tiepolo* (éd. franç.), *op. cit.,* p. 113.

Signalé dans le guide Bædeker.

# VANVITELLI
## (GASPARD VAN WITTEL, dit)

Utrecht, 1674 † Rome, 1736.

### 87 — *La Villa Aldobrandini, à Frascati*.

Signé en bas, sur le bât d'un mulet : CASP. VAN WITTEL ; on lit, sur le bât d'un autre mulet : BELVE. DE FRASCA. [BELVEDERE DE FRASCATI].

Toile. Haut., 5o cent.; larg., 99 cent.

Pendant du numéro suivant.

La Villa Aldobrandini, dite aussi du Belvédère, était une des plus célèbres de Frascati. Construite à la fin du xvie siècle, sur les plans de J. della Porta, pour Pietro Aldobrandini, neveu du pape Clément VIII, elle a été souvent représentée par les graveurs du xviiie siècle ; le lieu d'où ce tableau a été peint par Vanvitelli est très reconnaissable sur les plans cavaliers et sur les estampes de cette époque, notamment sur une gravure de A. Specchi.

# VANVITELLI
## (Gaspard van Wittel, dit)

### 88 — *Le Palais Farnèse, à Caprarola.*

Toile. Haut., 50 cent. ; larg., 97 cent.

Pendant du numéro précédent.

Le célèbre palais Farnèse, à Caprarola, est l'œuvre de Vignole (1507-1573) ; il a été construit de 1547 à 1549, pour le cardinal Alexandre Farnèse, neveu du pape Paul III ; on en connaît plusieurs vues et plans gravés.

De même, il existe une estampe de Zucchi, d'après un dessin de G. P. Panini, représentant la « Vue d'un autre petit palais contigu à l'église et au couvent des PP. Carmélites chaussés, construits par les Farnèse à Caprarola » : on y reconnaît très exactement le couvent, qui occupe la partie droite du présent tableau.

# ZUCCARELLI (Francesco)

Pitigliano, 1702 † Florence, 1788.

## 89 — *Pastorale.*

Toile. Haut., 41 cent.; larg., 54 cent.

Pendant du numéro suivant.
Collection du Comte G. B. Lucini Passalaqua
(2e partie, vente à Milan, 10 juin 1897, n° 26).
Reproduit dans A. Venturi, *la Galleria Crespi,*
*op. cit., etc.,* p. 196.
Cf. A. Venturi, *la Galleria Crespi, etc., op. cit.,*
p. 195.

# ZUCCARELLI (Francesco)

## 90 — *Pastorale.*

Toile. Haut., 40 cent.; larg. 53 cent.

Pendant du numéro précédent.
Collection du Comte G. B. Lucini Passalaqua
(2e partie, vente à Milan, 10 juin 1897, n° 26).
Reproduit dans A. Venturi, *la Galleria Crespi,*
*etc., op. cit.,* p. 196.
Cf. A. Venturi, *la Galleria Crespi, etc., op. cit.,*
p. 195.

# TROISIÈME PARTIE

# TABLEAUX

DES

# ÉCOLES ALLEMANDE
# FLAMANDE
# ET HOLLANDAISE

## BAILLY (David)

Leyde, 1584 † après 1661.

91 — *Portrait du théologien
Antoine de Wale,
recteur de l'Académie de Leyde.*

Dans le haut et à droite, on lit : ÆTATIS 63.
A° 1636.

Bois. Haut., 71 cent.; larg., 60 cent.

Gravé en contre-partie, en ovale, par S. SAVRY,
avec cette légende : *Antonius Walæus, S. Theol.
Doct. et Professor in Acad. Leydensi, Seminarii*

*Indici regens, Novi Testam. Lib. Apocryphorum in linguam Belgicam versor, Collegii Revisorum ejusdem versionis Prœses. obiit tertium Academiœ Rector magnificus IX Julii A° MDCXXXIX* (cette gravure est reproduite dans A. VENTURI, *la Galleria Crespi, op. cit.*, p. 320).

Photographie Anderson, n° 3446.

Reproduit dans A. VENTURI, *la Galleria Crespi, etc., op. cit.*, pl. p. 320.

Cf. A. VENTURI, *la Galleria Crespi, etc., op. cit.*, p. 319; — A. VON WURZBACH, *Niederlandische Künstler Lexicon* (Wien, 1906), t. I, p. 48, 1re col. (pour la gravure, qui porte le n° 6 de l'œuvre gravé) et t. III, p. 16, 1re col. (pour le tableau); — U. THIEME, *Allgemeines Lexicon, etc., op. cit.*, t. II, p. 372, 2e col, au mot *David Bailly* (article signé : E. W. MOES).

Antoine de Wale (Walæus), né à Gand, en 1573, fut élève, à Middelbourg, du célèbre Gruter. En 1618, il fut chargé par le Synode de Dordrecht, dont il faisait partie, de traduire la Bible en flamand. Il prit une part active à la lutte contre le parti des Remontrants, et lorsque Barneveldt fut condamné au supplice, de Wale fut désigné pour l'assister en ses derniers moments. Appelé, en 1619, à Leyde, où il occupa, avec grand éclat, la chaire de théologie, Antoine de Wale fut nommé, vingt ans après, recteur de l'Académie de cette ville. Il mourut le 9 juillet 1639.

*N. B. — Une épreuve de la gravure de S. Savry est jointe à ce numéro.*

# BOSCH (HIERONYMUS VAN AEKEN), dit JÉRÔME

Bois-le-Duc, vers 1462 † Bois-le-Duc, 1516.

## 92 — *L'Escamoteur.*

Bois. Haut., 1 m. 04; larg., 1 m. 37.

Galerie du Chevalier F. Meazza, de Milan (vente à Milan, 15 avril 1884, n° 150; — et vente à Milan, 24-26 avril 1893, n° 18).

Photographie Anderson, n° 3454.

Reproduit dans P. LAFOND, *Hieronymus Bosch* (Bruxelles et Paris, 1914), pl., p. 60.

Dessin au trait dans S. REINACH, *Répertoire de peintures du moyen âge et de la Renaissance* (Paris, 1907), t. II, p. 750.

Cf. SCHMIDT-DEGENER, *un Tableau de Jérôme Bosch*, dans *la Gazette des Beaux-Arts* (1906), t. I, p. 151; — G. FRIZZONI, *A propos du tableau « le Jongleur » de Jérôme Bosch*, dans *la Chronique des Arts* (1906), p. 241; — L. MÆTERLINCK, *le Genre satirique dans la peinture flamande* (2e édit., Bruxelles, 1907), p. 234; — A. VON WURZBACH, *Nierderlandische Künstler Lexicon, op. cit.*, t. III, p. 34, 1re col.; — U. THIEME, *Allgemeines Lexicon, op. cit.*, t. IV, p. 389, 1re col., au mot *Bosch* (article signé : W. COHEN); — P. LAFOND, *Hieronymus Bosch, op. cit.*, pp. 77, 78 et 114; et catalogue de l'œuvre, n° 38.

Le Musée municipal de Saint-Germain-en-Laye possède une réplique de ce tableau, de composition moins étendue. Cette réplique, dont on trouvera le dessin au trait dans S. REINACH, *Répertoire, op. cit.*,

t. I, p. 663, est reproduite dans S. Reinach, *Apollo* (Paris, 1904), p. 216, fig. 381 ; — dans *la Gazette des Beaux-Arts* (1906), t. I, pl., p. 152 ; — et dans P. Lafond, *Hieronymus Bosch, op. cit.*, pl., p. 60.

Sur le tableau de Saint-Germain-en-Laye, cf. les auteurs cités ci-dessus à propos de l'exemplaire Crespi, aux endroits indiqués, et aussi : H. Hymans, *le Musée du Prado*, dans *la Gazette des Beaux-Arts* (1893), t. II, p. 234 ; — L. Gonse, *les Chefs-d'œuvre des Musées de France : la Peinture* (Paris, 1900), p. 7 ; — M.-G. Gossart, *J. Bosch* (Lille, 1907), pp. 63, 88 et 287.

## BRUYN (Bartolomaeus)
Harlem (?), 1493 † Cologne, entre 1553 et 1557.

### 93 — *Portrait d'un jeune seigneur.*

Bois. Haut., 38 cent.; larg., 25 cent. 1/2.

Photographie Anderson, nº 3447.
Reproduit dans A. Venturi, *la Galleria Crespi*, etc., *op. cit.*, p. 296.
Cf. A. Venturi, *la Galleria Crespi*, etc., *op. cit.*, p. 295.
Signalé dans le guide Bædeker

## CRANACH LE VIEUX (Lucas)
Kronach, 1472 † Weimar, 1553.

### 94 — *Tête de Vierge.*

Bois. Haut., 31 cent.; larg., 25 cent.

Reproduit dans A. Venturi, *la Galleria Crespi*, etc., *op. cit.*, p. 294.
Cf. A. Venturi, *la Galleria Crespi*, etc., *op. cit.*, p. 293.

# METSYS (D'après QUENTIN)

Louvain, 1466 † Anvers, 1530.

## 95 — *Pietà.*

Bois. Haut., 66 cent.; larg., 54 cent.

Copie ancienne d'une composition de Quentin Metsys, dont il existe d'autres répliques : au Musée d'Anvers, chez M. Cremer, à Dortmund, chez M. von Malmann, à Berlin, etc. Willem Key a repris cette même composition dans son tableau célèbre de la Pinacothèque de Munich. Nous devons ces indications à l'obligeante érudition de M. le Dr. Max J. Friedländer, de Berlin.

Le passage des *Threni* ou Lamentations de Jérémie, inscrit au bas du tableau, se trouve au chapitre II, verset 13 ; en voici la version littérale : *Cui comparabo te ? Vel cui assimilabo te, filia Jerusalem ? Cui exæquabo te ? Et consolabor te, virgo filia Sion ? Magna est enim velut mare contritio tua : quis medebitur tui ?*

# WEYDEN
## (ROGIER DE LA PASTURE, OU VAN DER)

Tournai, 1399 ou 1400 † Bruxelles, 1464.

96 — *Vierge à l'Enfant, avec saint Joseph, saint Paul et un donateur.*

Bois. Haut., 57 cent.; larg., 47 cent.

Collection Guicciardi, de Milan.
Photographie Anderson, nº 3473.
Reproduit dans A. VENTURI, *la Galleria Crespi, etc., op. cit.*, pl., p. 290 ; — et dans P. LAFOND, *Roger van der Weyden* (coll. des *Grands artistes des Pays-Bas ;* Bruxelles et Paris, 1912), pl., p. 102.
Cf. A. VENTURI, *la Galleria Crespi, etc., op. cit.*, p. 289 ; — P. LAFOND, *Roger van der Weyden, op. cit.*, p. 102.
Signalé dans le guide Bædeker.
M. le Dr. Max J. Friedländer, de Berlin, a bien voulu, sur notre demande, nous autoriser à publier qu'il considère l'attribution de ce tableau à Roger van der Weyden comme « tout à fait exacte ».

Roberts

S. Reinach

M.me Roblot

M. M.elle Wassen..an

A Bley

Trotti

Braun

Hulin

M.me Thorens

Friedlaender

Auguste Rey-Spitzer

Gentili

Dell

Edgard Stern

Wedels de Hamburg

GALERIE CRESPI
DE MILAN


# Tableaux Anciens

DES

ÉCOLES ITALIENNE, ESPAGNOLE
ALLEMANDE, FLAMANDE & HOLLANDAISE

VENTE A PARIS

GALERIE GEORGES PETIT, 8, RUE DE SÈZE
Le Jeudi 4 Juin 1914, à 2 heures

COMMISSAIRES-PRISEURS

**Mᵉ F. LAIR-DUBREUIL** | **Mᵉ HENRI BAUDOIN**
6, rue Favart, 6 | 10, rue Grange-Batelière, 10

EXPERTS

**MM. TROTTI & Cⁱᵉ** | **M. JULES FÉRAL**
8, place Vendôme, 8 | 7, rue Saint-Georges, 7

EXPOSITIONS

PARTICULIÈRE : *Le Mardi 2 Juin 1914, de 1 heure 1/2 à 6 heures.*
PUBLIQUE : *Le Mercredi 3 Juin 1914, de 1 heure 1/2 à 6 heures.*

## Ordre de la Vacation

68 — CARPIONI (GIULIO). Bacchanale.

81 — RICCI (MARCO). Une Villa de la Vénétie.

82 — RICCI (MARCO). Une Ville au bord d'un fleuve, dans le Vénétin.

87 — VANVITELLI (GASPARD VAN WITTEL, dit). La Villa Aldobrandini, à Frascati.

88 — VANVITELLI (GASPARD VAN WITTEL, dit). Le Palais Farnèse,
à Caprarola.

75 — GUIDE (GUIDO RENI, dit LE). « Amorino ».

76 — GUIDE (GUIDO RENI, dit LE). Quatre scènes de l'histoire de
la Vierge et de la vie de Jésus.

77 — GUIDE (GUIDO RENI, dit LE). Quatre scènes de l'histoire de
la Vierge et de la vie de Jésus.

78 — GUIDE (GUIDO RENI, dit LE). Quatre scènes de l'histoire de
la Vierge et de la vie de Jésus.

79 — GUIDE (GUIDO RENI, dit LE). Quatre scènes de l'histoire de
la Vierge et de la vie de Jésus.

72 — GHISLANDI (Fra Vittore). Portrait de jeune gentilhomme.
70 — CRESPI (Giuseppe Maria), dit l'Espagnol. Portrait de l'artiste.
71 — CRESPI (Giuseppe Maria), dit l'Espagnol. Scène de genre.
89 — ZUCCARELLI (Francesco). Pastorale.
90 — ZUCCARELLI (Francesco). Pastorale.
83 — RICCI (Sébastiano). La Communion de sainte Lucie.
73 — GUARDI (Francesco). Paysage animé.
74 — GUARDI (Francesco). Paysage animé.
64 — CANALETTO (Antonio Canal, dit) Venise : le Grand Canal
et l'entrée du Cannaregio.
65 — CANALETTO (Antonio Canal, dit). Venise : le Grand Canal,
entre le palais Moro-Lin et le palais Foscari.
66 — CANALETTO (Antonio Canal, dit). Venise : le Grand Canal,
en face de la Croce di Venezia.
67 — CANALETTO (Antonio Canal, dit). Venise : le Grand Canal,
devant S. Stae.
85 — TIEPOLO (Giovanni Battista). La Vision de sainte Anne
(esquisse du numéro suivant).
84 — TIEPOLO (Giovanni Battista). La Vision de sainte Anne.
86 — TIEPOLO (Giovanni Battista). La « Beata Ludvina ».
69 — CRESPI (Daniele). La Flagellation.
80 — RIBERA (Jusepe de), dit l'Espagnolet. Saint Jérôme.
91 — BAILLY (David). Portrait du théologien Antoine de Wale,
recteur à l'Académie de Leyde.
92 — BOSCH (Hieronymus van Aeken, dit Jérôme). L'Escamoteur.
93 — BRUYN (Bartolomaeus). Portrait d'un jeune seigneur.
94 — CRANACH LE VIEUX (Lucas). Tête de Vierge.
95 — METSYS (D'après Quentin). Pietà.
96 — WEYDEN (Rogier de la Pasture, ou Van der). Vierge à
l'Enfant, avec saint Joseph, saint Paul et un donateur.
1 — ANTONELLO DE MESSINE (École d'). Saint Sébastien.
5 — BARTOLOMMEO VENETO. La Vierge avec l'Enfant, dans
un paysage.
7 — BOCCACCINO (Boccacio). La Vierge à l'oiseau.
8 — BOCCACCINO (Pseudo). La Vierge au turban.
11 — BORGOGNONE (Ambrogio da Fossano, dit Le). La Nativité.
4 — BALDUCCI (Matteo). Sainte Catherine de Sienne.
19 — FERRARI (Gaudenzio). Pietà.
20 — FERRARI (Gaudenzio). La Vierge au coussin bleu.
21 — FOPPA (Vincenzo). Vierge à l'Enfant, tenant un livre.
37 — MANSUETI (Giovanni). Le Couronnement de la Vierge.
38 — MARZIALE (Marco). Déposition de la Croix, avec les por-
traits des donateurs.
58 — SOLARIO (Andrea). « L'Addolorata ».

34 — LUINI (Bernardino). Le Rédempteur.

35 — LUINI (École de Bernardino). Le Christ en croix, entouré de saints personnages.

36 — LUINI (École de Bernardino). La Purification.

24 — GHIRLANDAJO (Ridolfo Bigordi, dit). Triptyque : la Nativité et des saints personnages.

2 — BACCHIACCA (Francesco d'Albertino Ubertini, dit Le). La Vierge à la ferronnière.

3 — BACCHIACCA (Francesco d'Albertino Ubertini, dit Le) L'Adoration des Mages.

15 — CONTI (Bernardino de'). Portrait présumé d'un luthier.

16 — CONTI (Bernardino de'). La Vierge allaitant l'Enfant.

9 — BOLTRAFFIO (Giovanni Antonio). La Vierge au livre.

31 — LOTTO (Lorenzo). Sainte Famille.

32 — LOTTO (Lorenzo). Portrait de Niccola Leoniceno, célèbre médecin de Ferrare.

29 — LIBERALE DA VERONA. Vierge adorant l'Enfant.

6 — BASAÏTI (Marco). Vierge à l'Enfant, entre saint Sébastien et une sainte martyre.

50 — PORDENONE (Bernardo Licinio, dit Le). La Sainte Famille, avec saint Antoine de Padoue.

51 — PORDENONE (Bernardo Licinio, dit Le). La Vierge avec l'Enfant et le petit saint Jean.

61 — VÉRONÈSE (École de Paolo Caliari, dit Paul). Déposition de croix.

10 — BORDONE (Paris). Un Berger et une Nymphe couronnés par un amour.

55 — SAVOLDO (Giovanni Girolamo). La Nativité.

47 — PALMA VECCHIO (Giacomo d'Antonio de Negreti, dit). Le Christ ressuscité.

12 — CAMPI (Giulio). La Fuite en Égypte.

13 — CAMPI (Attribué à Giulio). Saint Jérôme.

Paris. — Imp. Georges Petit, 12, rue Godot-de-Mauroi. — 23866-12.